SUR LE CHEF-D'ŒUVRE

DES

FRERES VAN EYCK,

TRADUITE DE L'ALLEMAND;

AUGMENTÉE DE NOTES INÉDITES SUR LA VIE ET SUR
LES OUVRAGES DE CES CÉLÈBRES PEINTRES,

Par L. DE BAST,

Secrétaire de la Société royale des Beaux-Arts à Gand,
Membre correspondant de l'Institut Royal des Pays-Bas, etc.

GAND,

CHEZ IMP. DE PIERRE COHEN-VERHAEGHE,
Imprimeur de la Société royale des Beaux-Arts, rue Hautport.

1825.

NOTICE

SUR LE CHEF-D'ŒUVRE

DES

FRÈRES VAN EYCK.

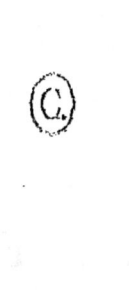

NOTICE

SUR LE CHEF-D'ŒUVRE

DES

FRÈRES VAN EYCK,

TRADUITE DE L'ALLEMAND;

AUGMENTÉE DE NOTES INÉDITES SUR LA VIE ET SUR LES OUVRAGES DE CES CÉLÈBRES PEINTRES,

Par L. DE BAST,

Secrétaire de la Société royale des Beaux-Arts à Gand,
Membre correspondant de l'Institut Royal des Pays-Bas, etc.

GAND,

CHEZ P. F. DE GOESIN-VERHAEGHE,
Imprimeur de la Société royale des Beaux-Arts, rue Hautport n° 37.

1825.

A

SA MAJESTÉ

LA REINE.

MADAME,

Comme toutes les *Princesses de la Maison royale de Prusse*, Votre Majesté aime à charmer ses loisirs en cultivant les arts; *Reine des Pays-Bas*, elle sait combien les triomphes des Écoles flamande et hollandaise ont ajouté à la gloire nationale.

Cette gloire reçoit un nouvel éclat en se rattachant à cette grande époque du règne de Philippe-le-Bon, où les deux frères van Eyck signalèrent leur génie, en inventant et en perfectionnant la peinture à l'huile, et leur talent, en produisant ce chef-d'œuvre qui pendant trois siècles, fut admiré dans la principale église de Gand.

J'ai recueilli des notes sur cet ouvrage, classique dans l'histoire des arts; j'ai indiqué l'époque et les motifs des compositions; j'ai rappelé succinctement les vicissitudes historiques des tableaux, leur conservation depuis 1432, leur enlèvement, leur dispersion...; aidé de recherches souvent heureuses, j'ai assigné à Hubert et à Jean la part qui revient à l'un et à l'autre dans ce vaste travail, et j'ai pu rectifier au sujet des peintres même et des artistes leurs contemporains et leurs successeurs, plusieurs erreurs graves dont la tradition s'était perpétuée.

N'écoutant que mon zèle et guidé par mon amour pour ma patrie et pour les arts qui l'illustrèrent, j'ai publié cette traduction d'une notice esthétique sur la grande composition des frères van Eyck, notice faite à Berlin par un homme qui, à beaucoup d'instruction, joint cette critique éclairée mais impartiale, sans laquelle il est impossible de bien raisonner sur les arts du dessin; j'y ai ajouté le résultat d'une partie des recherches auxquelles j'ai fait allusion, et mon travail paraît sous les bienveillans auspices de VOTRE MAJESTÉ.

Je m'estimerai heureux si, en obtenant son auguste suffrage, je puis me flatter qu'elle a apprécié l'utilité de la tâche que je me suis imposée, et les principes qui m'ont constamment dirigé.

Je suis avec respect,

MADAME,

De VOTRE MAJESTÉ.
Le très-humble, très-obéissant
et très-dévoué serviteur

GAND, 15 Septembre
1825.

L. de Bast.

SÉRIE SUPÉRIEURE DE LA GRANDE COMPOSITION PEINTE POUR L'ÉGLISE DE St JEAN A GAND
PAR HUBERT VAN EYCK.

NOTICE

SUR LA GRANDE COMPOSITION DES FRÈRES HUBERT ET JEAN VAN EYCK, QUI SE TROUVE DANS L'ÉGLISE CATHÉDRALE DE GAND.

Par le Dr. G. F. Waagen, *de Berlin* (1), *avec des notes de* L. D. B., *Secrétaire de la Société royale des Beaux-Arts et de Littérature à Gand, etc.*

———◦◦◦———

L'Attention bienveillante et l'intérêt flatteur que le public a bien voulu témoigner à notre essai biographique sur les frères *Van Eyck* (2), nous imposent le devoir de rectifier quelques erreurs qui se sont glissées dans cet écrit et de le compléter par quelques notices supplémentaires, résultat de nos recherches récentes. Nous allons nous acquitter de ce double devoir et d'une manière bien ample par rapport au chef-d'œuvre des deux frères, qui se trouve dans la cathédrale de Gand. Depuis que nous avons été assez heureux pour pouvoir contempler et examiner par nous-mêmes une partie de cette belle composition, nous nous sommes convaincus que la partie de notre ouvrage qui traite de ce tableau, contient une foule d'inexactitudes et d'erreurs, provenues de différentes causes : principalement de ce que nous étions obligés de nous en rapporter à la description, intéressante à la vérité, mais un peu légèrement tracée de mad. *Schopenhauer* (3).

---

(1) Traduite du *Kunstblatt* publié par Cotta, à Stuttgard, Nᵒˢ 23, 24, 25, 26, du mois de Mars, et 27, du mois d'Avril 1824.

(2) Ueber Hubert und Johann van Eyck, von Dr. G. Fr. Waagen. 1 vol. in-8. Breslau, 1822.

(3) Johann van Eyck und seine nachfolger von Johanna Schopenhauer. 2 vol. in-8. Francfort, 1822.

Afin que nos lecteurs puissent avoir une idée de l'ensemble de cette grande composition, nous figurons ici le dessin qui donne la forme et les proportions des différens panneaux représentés à volets ouverts :

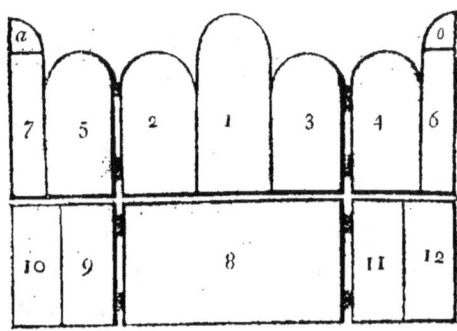

Chacun des douze panneaux était primitivement entouré d'un cadre très-simple, large de 2″ 3‴ (1). Ces cadres se sont conservés aux numéros 4, 5, 9, 10, 11 et 12 (2). La bordure en a été repeinte, mais il serait

_____

(1) La mesure est en pieds du Rhin.

(2) Les numéros 6 et 7 conservent aussi leurs anciennes bordures ; elles sont dorées intérieurement, et peintes extérieurement d'une couleur verte. Les tableaux du milieu avaient autrefois des cadres très-larges ; ils sont aujourd'hui dans un retable de construction moderne. On ne concevrait pas pourquoi cet ouvrage est composé de tant de tableaux, si on ne s'apercevait au premier abord que leur ensemble formait la décoration d'un autel peint dans toutes ses parties ; de là, la licence que le peintre s'est permise, de faire entrer dans cette composition des figures de grandeurs différentes, comme on se le permettrait encore aujourd'hui dans le décor d'un semblable objet, tout en conservant dans l'ensemble l'unité du sujet dont les Van Eyck, seuls peut-être à cette époque, ont donné l'exemple. Au bas et sur le devant de la table de l'autel, était représenté l'enfer où les damnés s'inclinaient devant l'image de Dieu représenté par l'Agneau ; celui-ci et ses volets qui forment la série inférieure de cette grande composition, étaient placés immédiatement sur la table de l'autel et avaient pour couronnement la

difficile d'en indiquer la couleur primitive. La composition elle-même se divise en deux *séries*, l'une *supérieure*, l'autre *inférieure*. Dans la première, le n° 1, qui, avec les n°ˢ 2 et 3, occupe le milieu du tableau, est haut de 6′, 7″, 9‴, et large de 2′, 6″, 3‴. Les n°ˢ 2 et 3 ont 5′ 1″ de haut sur 2′ 3″ de large. Les dimensions sont les mêmes dans les parties correspondantes des volets n°ˢ 4 et 5; mais les panneaux 6 et 7, qui doivent se joindre et se fermer sur le n° 1 du milieu, quoiqu'ayant avec celui-ci une hauteur égale (6′, 7″, 9‴), n'ont, à cause du cadre, qu'une largeur de 1′, 10″, 6‴. Dans la série inférieure, tous les panneaux sont de la même hauteur, de 4′ 8″. La largeur du tableau du milieu, n° 8, est de 7′ 4″; celle de chaque volet de 1′ 7″. La disposition des quatre volets d'en bas est telle que notre dessin l'indique; cela se voit facilement par la manière dont les tables sont adaptées, les unes aux autres, par les ferrures encore existantes et par les figures qui y sont représentées. Les tableaux du milieu n°ˢ 1, 2, 3 et 8 avaient été, en 1794, enlevés à la ville de Gand, et placés au musée de Paris, où ils sont restés jusqu'en 1815.

Nous les avons vus à Gand, en 1819, dans une chapelle de l'église de S. Bavon. Nous avons appris, l'année dernière, avec une bien vive joie, que les deux volets n°ˢ 6 et 7, qu'on disait perdus, sont encore à l'église et qu'on se proposait de les nettoyer et de les restaurer; les six autres volets, n°ˢ 4, 5, 9, 10, 11 et 12, sont ceux dont M. Solly, amateur anglais, a

---

série supérieure. Dans les premiers tems, les volets s'ouvraient pendant la cérémonie de la messe, usage qui devint incommode par la suite; lorsqu'on plaça sur les autels des cierges, des fleurs et d'autres ornemens, ce qui n'a eu lieu généralement qu'au XVme siècle; les miniatures des livres de prières de ce tems, peuvent à cet égard, servir de renseignemens.

fait l'acquisition à Aix-la-Chapelle, en 1818, et qui depuis, sont devenus avec toute sa collection, l'ornément des galeries de S. M. le Roi de Prusse (1).

Nous commencerons la description du chef-d'œuvre des Van Eyck, par le tableau qui occupe le milieu dans la série supérieure (2).

N° 1. *Dieu le Père*, assis sur son trône et vu en face, y est représenté non pas, comme chez Raphaël et Michel-Ange, sous les traits d'un homme âgé avec une longue barbe ondoyante, mais sous ceux d'un homme dans la force et la vigueur de l'âge, tel que les anciens figuraient le Jupiter Olympien; cette manière de représenter la divinité, s'il est permis toutefois de prêter à l'Être Suprême des formes humaines, nous semble la plus digne, la plus convenante; elle est au surplus très-remarquable ici, comme étant tout-à-fait particulière aux frères Van Eyck. La physionomie du Père Éternel, qui rappelle le type ancien de la tête du Christ, exprime une auguste gravité, un calme profond et sublime, une majesté, qui, selon nous, ont été rarement atteints dans les productions modernes. La tête est couronnée d'une tiare richement ornée de pierres précieuses. De la main gauche, Dieu tient un sceptre de cristal d'une transparence superieurement rendue. Le sommet du sceptre, également garni de riches pierreries, est surmonté d'un grand saphir. La main droite est levée dans l'attitude de donner la bénédiction à la réunion des fidèles, qui,

----

(1) Ces volets furent vendus, en 1817, à M. Van Nieuwenhuyse, de Bruxelles, pour 6000 francs; il les revendit à M. Solly avec quelques autres tableaux, pour cent mille francs, et le Roi de Prusse en est devenu le possesseur pour la somme de 100,000 thalers (410,900 francs).

(2) La désignation de droite et de gauche se rapporte aux sujets représentés dans le tableau et non pas au spectateur.

dans le tableau placé en dessous, sont rassemblés autour de l'agneau sans tache, qu'ils adorent.

Les vêtemens, tant supérieurs qu'inférieurs, sont d'un pourpre éclatant ; le premier, rattaché sur la poitrine par une agraffe magnifiquement garnie de pierreries, descend par dessus les genoux jusqu'à terre, en formant des plis grandioses qui montrent, sur-tout dans les sinuosités d'un bord large et richement brodé en perles, les lignes les plus élégantes, les plus belles (1). Les pieds, dont on ne voit que la pointe, ont une chaussure recouverte, à ce qu'il paraît, d'une étoffe tissue de fil d'or et de soie verte. Devant les pieds est placé l'emblême de la Toute-Puissance : une couronne magnifiquement enrichie de pierres fines et de perles. Trois lignes de lettres capitales gothiques, forment des demi-cercles parallèles autour de la tête de Dieu ; on y lit : *Hic est Deus potentissimus propter divinam majestatem suam, omnium optimus propter dulcissimam bonitatem, remunerator liberalissimus propter immensam tarditatem* (2). Le mot *tarditas* doit se prendre ici dans

---

(1) On y lit, en lettres brodées en perles, dont le sens est interrompu par ses différens plis : SABAWT ...... PEX ✝ PEΓY ✝ Δ .... ΔNC .... M ✝ PED .... ΠANXIM ✝ D .... NC ✝ ΔNaNx... ΔNΓ .... nous n'essayerons pas de restituer ce texte ; le mélange de lettres grecques et latines et de signes qui lient ces lettres, peuvent faire croire que le peintre n'a pas eu l'idée de faire une phrase suivie qui offre un sens, mais qu'il les y a placées en guise d'ornement, et pour figurer une sorte d'écriture, comme plusieurs artistes le font encore.

(2) HIC E DEUS POTETISSIM² PP DIVINA MAJESTATE ✝ SU² OIM OPTI PP DULCEDIS BOITATE. | REMUNERATOR LIBERALISSIMUS PROPTER INME | NSAM LARGITATEM. Nous nous sommes bien assurés que la première lettre du dernier mot est un L et la quatrième un G, qu'ainsi il y a *largitatem*, qui offre un sens naturel, et non *tarditatem*, dont l'explication donnée, n'en est pas moins forcée.

le sens peu usité de longanimité, clémence. Aux deux côtés de la couronne, au devant de la marche sur laquelle est placé Dieu le Père, est écrit en lettres plus petites : *Vita sine morte in capite. Juventus sine senectute in fronte. Gaudium sine merore a dextris. Securitas sine timore a sinistris* (1).

N° 2. *La Sainte Vierge*, également assise sur un trône, est tournée vers Dieu le Père, de sorte que sa figure est un peu moins qu'en profil. La tête légèrement inclinée, les yeux baissés sur un livre qu'elle tient dans les mains, elle lit attentivement, et semble, entièrement absorbée dans le sujet sacré, prononcer, presque sans le savoir, quelques paroles sur le sens desquelles elle réfléchit. Une candeur sublime de l'âme, jointe à la tranquillité, à la béatitude, à la dévotion la plus intime et la plus profonde, s'exprime dans ses traits divins. Quoique d'autres têtes de Vierge de cette école s'approchent plus ou moins de cette même expression, nous n'en connaissons aucune qui, pour la beauté, la grâce et la pureté des formes, puisse être comparée à celle-ci ; le bel ovale du visage, les grands sourcils arqués, le nez supérieurement tracé, la bouche délicate et gracieuse, légèrement entr'ouverte, la placent au rang des Madones de Leonardo da Vinci et de Raphaël. Ses cheveux châtains flottent des deux côtés de la tête, qui est ornée d'une magnifique couronne d'or, entrelacée au sommet de roses et de lis. La couleur des vêtemens est bleu-azur, à l'exception des manches qui sont rouges ; la partie supérieure est rattachée sur le sein par une riche agrafe. Une inscription autour de la tête contient les paroles suivantes, pour autant que nous

---

(1) *Vita. sinc. morte. in. capite.*   *Jvvetª. sn̄. senectvte. ī. fronte.*
   Gavdiv. sn̄. merore. a. dextris.   *Secvritas. sn̄. tiore. a sinists.*

avons pu les lire sur le dessin lithographié de M. Strixner : *Haec est speciosior sole. Super omnem stellarum disposi-tionem lucidior*........ Vers le bout on voit encore : *Speculum sine macula* (1).

Nº 3. *S. Jean-Baptiste*, placé de l'autre côté de Dieu qu'il regarde, forme avec la Vierge, un très-beau contraste. Sa barbe et sa chevelure épaisses et d'un brun foncé, lui donnent un air sombre, qui convient parfaitement à la sévère austérité qu'expriment ses traits mâles et vigoureux. De la main gauche il tient un livre posé sur ses genoux et imité avec un art sur-prenant qui fait une illusion complète. C'est probable-ment le livre *de l'ancienne alliance, de la promesse, ou des prophètes* dont S. Jean-Baptiste a été le der-nier ; comme, au contraire, le livre dans lequel lit la Vierge, paraît être celui de *la nouvelle alliance* ou de *l'accomplissement*, dont elle avait été élue l'instru-ment. De la main droite, S. Jean-Baptiste montre celui dont il est l'envoyé et le précurseur. Il porte, par-dessus un vêtement de peau velue à longues manches, un manteau vert, retenu sur la poitrine par une agrafe ornée d'un rubis. Ses pieds sont nus. Autour de la tête on lit cette inscription : *Hic est Baptista Johannes. Major homine. Par angelis. Legis summa. Evangelii statio* (?) *Apostolorum vox. Silentium pro-phetarum. Lucerna mundi* (2).

---

(1) Sur l'original l'inscription est ainsi écrite :

HEC E SPECIOSIOR SOLE. ✝ SUP. OEM STELLARU DISPOSIÇOE³. LUCI 9PATA JVEIT² PO..CAPOR EENI LU..S ..ETNE ✝ SPECLM SN. MACLA DEI. Les mots sont interrompus par la couronne de la Vierge et les étoiles qui planent au-dessus de sa tête.

(2) Sur l'original cette inscription est figurée ainsi :

HIC E BAPTISTA JOHES MAJOR HOIE PAR ANGLIS LEGIS SUMA. EWAGELII SACIO (*sanctio ?*) APLOR VOX. SILECIV PPHETAR. LUCERNA MUND ... MNL (*homini ?*) TESTIS.

Le fond de ces trois tableaux (n°s 1, 2, 3.) est une étoffe de couleur foncée, brochée d'or. Autour des têtes seulement, le fonds est doré et c'est là l'unique endroit dans toute la composition où les artistes ayent employé de l'or véritable. Le parquet est composé de petits carreaux de différentes couleurs foncées, et entrecoupés de lignes d'or (1).

Les deux panneaux n°s 4 et 5 représentent des groupes d'anges; sur le premier, il y en a un de *cinq* qui jouent de divers instrumens, et sur le second un de *huit* qui chantent. Peut-être devrait-on les appeler plutôt des enfans-de-chœur célestes, puisqu'ils n'ont point d'aîles, attribut ordinaire des anges, quoique nous n'ignorions pas qu'on a quelquefois représenté des anges sans aîles (2).

---

(1) La tenture derrière Dieu le Père est verte, les ornemens sont en or; l'objet principal qui y est plusieurs fois répété, est *un pélican avec ses jeunes,* au-dessous duquel on lit, sur une petite banderolle : IHESUS XPS; celle derrière la Ste Vierge est blanche, les feuillages sont en or et l'inscription ou peut-être de signes imaginaires figurées ainsi : ⲅⲏⲩⲥⲍⲩⲭⲩ s'y répète plusieurs fois; il en est de même des lettres ⲃⲍⲍⲏⲭ et ⲍⲅⲭⲟ de la tapisserie rouge, ornée de feuillages verts et dorés, du tableau de S. Jean.

M. Strixner, dans la lithographie du tableau de la Vierge, est inexcusable d'avoir mis son propre nom sur une des banderoles du fond et au commencement de la page du livre qu'elle tient dans les mains; nous avons remarqué également, qu'il s'est permis d'y inscrire de l'allemand, tandis que le texte original est latin. Dans le livre de S. Jean, nous avons reconnu d'autres noms modernes, ce qui réellement est un abus; le dessinateur aurait dû s'en tenir à l'usage établi de n'y placer son nom qu'une seule fois et cela au bas du dessin où il n'a pas manqué de le placer aussi; d'ailleurs, à cela près, ces lithographies sont fidèlement rendues et exécutées avec tous les soins et la netteté qui distinguent les ouvrages lithographiques de la Bavière; nous en possédons un exemplaire que nous devons à l'amitié de M. A. Quaglio, peintre distingué à Munich.

(2) De nos jours feu M. André Lens, de Bruxelles, a peint

La figure principale du n° 4, est assise devant un orgue; elle est presqu'entièrement vue du dos et le visage en profil détourné; le recueillement solennel et la profonde attention à la musique qu'elle dirige, y sont exprimés d'une manière extrêmement vraie. Il paraît que c'est principalement l'action de toucher l'orgue qui a donné lieu à ce que, depuis *Van Mander* jusqu'à Mad. *Schopenhauer*, on a généralement pris cette figure pour Ste Cécile. Nous croyons que c'est à tort, car elle ne se distingue des autres figures par aucune différence essentielle, ni dans les traits du visage, ni dans l'habillement. Seulement elle est, de même que la figure principale du n° 5, vêtue un peu plus richement que les autres; son habillement vert foncé, est entre-tissu d'ornemens en or et garni d'hermine. Ses cheveux, comme ceux des autres anges, flottent avec grâce autour de la tête, et sont retenus seulement sur le front par un bandeau orné de perles et de pierres fines; toutes les autres figures en portent de pareils. D'après cette explication, la symétrie si rigoureusement observée dans tout l'ouvrage, ne se trouve pas blessée, tandis qu'elle le serait, si l'on voyait sur ce panneau une Sainte dirigeant un concert d'anges, et sur le pendant des anges seulement chantant entr'eux; nous avouons que cette irrégularité, qui résultait de la description de *Van Mander*, nous a toujours étonné avant d'avoir vu la figure par nous-même. La boiserie ainsi que les tuyaux de l'orgue sont d'une vérité frappante. A côté de l'instrument, et en partie cachés par celui qui le touche, on voit les autres jeunes choristes ou éphèbes dont l'un pince la harpe, et un autre

---

pour l'église de S. Michel à Gand, *l'Annonciation de la Vierge*, où l'ange Gabriël était représenté sans ailes. Des observations faites par Mgr. l'Évêque, ont obligé le peintre à les y ajouter.

joue du violoncelle ; tous ont le regard attentivement fixé sur le joueur d'orgue. Au bas, sur le cadre, on lit en lettres capitales gothiques, les mots tirés du 4me verset du pseaume 150 : *Laudate eum in cordis et organo.* — Au N° 5, devant un pupitre de bois, peint à merveille et orné d'une sculpture qui représente le combat entre S. Michel et le dragon, on voit un bel adolescent d'un air posé ; on pourrait l'appeler le maître-de-chapelle de ce chœur céleste. Il bat la mesure de la main droite. La chappe rouge, dont il est revêtu et qui est richement ornée de figures brodées, est peinte avec un art et un soin admirables. Lui et un autre encore, qui est à-peu-près du même âge, entonnent la basse ; les autres plus jeunes chantent, suivant leur âge, le *tenor*, l'*alto* et le *soprano.* Tous paraissent s'évertuer pour bien exécuter leurs parties, mais principalement ceux qui chantent le dessus. Il semble qu'il s'y trouve des notes très-élevées, car les efforts que fait un des jeunes choristes, pour les atteindre, lui font même venir des rides au front, et un autre, qui n'est vu qu'en profil, a le menton renfoncé comme s'il tirait du fond du gosier des sons aigus et perçans qu'on croit devoir entendre. Au bas du cadre on lit : *Melos Deo. Laus perhennis. Grar*, et quelques lettres détachées, dont nous n'avons pu deviner le sens. On ne voit plus de fond doré sur ces panneaux, mais les têtes se détachent et ressortent sur l'air pur et serein qui les entoure. Le parquet est également formé ici de carreaux, qui représentent, en couleur bleue sur un fond blanc, tantôt d'élégantes arabèsques, tantôt l'Agneau avec le drapeau du triomphe, tantôt le chiffre du nom divin.

Par analogie à la position de la Ste Vierge sur le n° 2 et de S. Jean-Baptiste sur le n° 3, nous croyons que les deux

volets nᵒˢ 6 et 7, qui représentent Adam et Eve debout,
ont dû se joindre : le premier (nᵒ 6) au groupe des
choristes musiciens, l'autre (nᵒ 7) au groupe des choristes chantans (1). Eve, d'après *Van Mander*, est représentée dans l'action d'offrir le fruit défendu, non pas
une pomme, comme on la représente ordinairement, mais
une figue (2) à Adam, qui paraît en être effrayé et vouloir
dissuader Eve d'en manger. Ces volets sont très-remarquables sous le rapport du talent des frères Van Eyck,
qui ont hazardé d'y peindre, en grandeur naturelle, des
corps entièrement nus. Nous regrettons beaucoup de ne
pouvoir en parler d'après une inspection faite par nous-
même. Selon le professeur *Von der Hagen*, qui les a vus
à Gand l'année dernière, le dessin en est un peu sec,
mais nullement choquant. Le ton local de la carnation est
chaud et vrai, et toute l'exécution, comme on peut le
penser, est extrêmement soignée. Mais comme, dans les
deux figures, ce soin s'étend aussi avec la même fidélité
sur certaines parties du corps, la direction de l'église a

(1) Les deux tableaux sont précisement placés d'une manière
opposée; *Adam* est peint sur le panneau nᵒ 7 et *Eve* sur le nᵒ 6. La
forme des panneaux indique clairement la place qu'ils ont occupée.
Adam regarde le centre du tableau ; il est placé un peu moins
qu'en profil; sa main gauche est posée sous le sein droit, et de la
main droite il couvre sa nudité avec des feuilles de figuier; Eve
est placée de même, regardant, comme Adam, vers le centre du
tableau; elle se couvre aussi de feuilles de figuier, mais de la main
gauche; dans la droite, élevée jusqu'à la hauteur de la poitrine,
elle tient le fruit défendu.

(2) La couleur ni la forme du fruit ne nous semblent pas auto-
riser l'opinion que c'est une figue; si, comme il nous le paraît
aussi, le peintre a voulu représenter quelqu'autre fruit qu'une
pomme, les apparences indiquent plutôt un citron ou une orange
d'un jaune clair qui, par les verrues dont elle est chargée, a de la
ressemblance avec un ananas.

jugé convenable de retirer ces tableaux de la vue du public. Les deux volets sont surmontés de petits bas-reliefs peints en grisaille, dont l'un représente le sacrifice de Caïn et d'Abel, l'autre le meurtre du dernier, sujets qui probablement doivent indiquer les suites funestes du premier péché de l'homme (1).

La partie *inférieure* du tableau est consacrée en entier à représenter et à glorifier l'œuvre de la Rédemption. Les artistes ont pris pour base de leur composition l'idée contenue dans le 9me et le 10mo versets du 7me chapitre de l'Apocalypse, et ont exécuté cette idée d'une manière toute originale. Le fond sur lequel se meuvent, pour ainsi dire, tous les différens groupes (n°s 8, 9, 10, 11 et 12) est un riche paysage d'une fraîcheur et d'une sérénité admirables, et d'autant plus beau, qu'il est varié par degrés dans les différentes compositions.

Le tableau principal, n° 8, représente sur le premier et le second plan un vaste gazon, d'une verdure éclatante et parsemé abondamment de fleurs de lis, de violettes et autres. Parmi les arbres et arbrisseaux, en grand nombre, qui bordent ce gazon, on remarque des cyprès, des palmiers et des rosiers. Dans le fond s'élèvent, sur un horison lumineux, les tours de la céleste Jérusalem. Elles sont copiées, à ce que nous

---

(1) Les deux figures sont placées dans des niches et peintes sur un fond brunâtre tout uni; au bas de l'une on lit : EVA OCCI-DENDO OBFUIT; dans l'espace entre le bord supérieur de la niche et le bas-relief en grisaille, (o), représentant *la mort d'Abel*, on lit en grands caractères : EVA; au bas de l'autre niche, est écrit : ADAM NOS $\overline{I}$ MORTE PCIPITAT, et au-dessus de la niche sous le bas-relief (a), qui représente *le sacrifice de Caïn et d'Abel*: ADAM.

assure M. le baron de Keverberg (1), d'après les tours de Maestricht, ville voisine de l'endroit qui vit naître les frères van Eyck. Au milieu du tableau l'on voit, sur un autel couvert d'une étoffe rouge (2), recouverte au milieu d'une nappe blanche, l'Agneau sans tache dont le sang expiateur jaillit de la poitrine dans un calice placé devant lui. En haut, sur le devant de l'autel, on lit : *Ecce Agnus Dei, qui tollit peccata mundi;* plus bas, d'un côté : *Jhes* (Jésus) *via,* de l'autre, *vita, vita* (3). Près de l'autel, on voit des pierres fines semées çà et là sur le gazon (4). L'autel est entouré de *quatorze* anges, dont deux, placés de chaque côté sur un plan plus éloigné, tiennent les instrumens de la passion. Ils ont érigé la croix à droite de l'autel, et à gauche la colonne de la flagellation. Sur le devant, et de chaque côté de l'autel, quatre anges, dans les attitudes les plus variées et avec l'expression de la dévotion la plus naturelle, la plus noble, offrent leurs hommages à l'Agneau, que deux autres, encensent. Tous ont des traits extrêmement beaux; leur front est orné d'une croix; ils

---

(1) *Ursula Princesse britannique.* Gand, 1818. p. 183. Ces tours ont le caractère qu'on retrouve plus ou moins dans tous les ouvrages d'alors; quelques-unes sont d'une richesse dont nous ne pourrions guère citer des modèles. Il serait du reste difficile de trouver une ressemblance réelle entre ces tours et celles de Maestricht, telles du moins que nous les voyons exister actuellement.

(2) L'autel est couvert d'une nappe blanche; ce n'est seulement que le devant d'autel, connu sous le nom d'*antependium* qui est tendu d'une étoffe rouge.

(3) Sur l'original : ECCE AGNUS DEI QUI TOLLIT PĒCA MŪDI.

IH̄ES *(Johannes?)* VĪTA.

VĪA   VĪTA.

Espèce de jeu de mots, sans doute, que nous n'essayerons pas d'expliquer.

(4) Sur l'original il ne s'en trouve pas.

sont vêtus de tuniques longues, à larges manches et
ceintes sous la poitrine. Ils portent de grandes aîles, la
plupart d'une couleur rougeâtre ou jaune. Derrière
eux, on voit sortir de la cité sainte et s'avancer entre les
arbres et les buissons, la troupe des martyrs; à droite,
les hommes, à gauche et en plus grand nombre, les
femmes; tous portent dans leurs mains les palmes de la
victoire. Parmi les femmes-martyrs, dont les têtes sont
coiffées de grands turbans, on reconnaît à leurs attri-
buts les saintes Agnès, Barbe et Dorothée, qui marchent à la tête des autres. Sur le devant, à droite, un
peu vers le milieu du tableau, l'on voit une quantité
de personnes à genoux, les regards fixés sur l'Agneau
et tenant dans leurs mains des livres ouverts; ce sont
vraisemblablement les prophètes de l'ancien Testament, qui ont prédit le Messie. Plus vers le côté, se
trouve un nombre plus considérable encore d'hommes
revêtus de longs et amples manteaux. On y distingue
principalement, par une grande dignité de caractère et
d'expression, un homme vêtu de blanc, portant sur
la tête une couronne de laurier et, dans la main droite,
une branche d'oranger avec un fruit; c'est probablement
un poëte; ensuite un autre en manteau bleu, avec une
coëffe rouge; il tient également à la main une branche,
mais qui paraît de myrthe. A la gauche de l'autel, on
remarque *quatorze* figures d'hommes, affublées de
manteaux bruns, les pieds déchaussés; la plupart sont
agenouillés pour adorer l'Agneau; ce sont vraisemblablement les apôtres ou les plus anciens ermites,
premiers héros de la nouvelle alliance. Un peu plus
vers l'intérieur, suivent trois papes lisant dévotement
les saintes Écritures; puis sept évêques, dont l'un se
fait reconnaître par sa langue qu'il porte en sacrifice;

c'est St. Lièvin, apôtre de la Belgique (1), martyrisé
en 633. On voit ensuite plusieurs autres saints et martyrs, parmi lesquels St. Etienne est désigné par les
pierres, instrumens de son martyre. Une grande foule
de peuple de toutes les classes ferme la marche, con-
formément encore au passage cité de l'Apocalypse, qui
dit: qu'une multitude innombrable de tous les gentils
et de tous les peuples avait été rassemblée autour de
l'Agneau. On aurait, sur la signification de tous les
sujets représentés dans ce tableau, une certitude complète, si le cadre primitif, qui contenait sans doute des
explications semblables à celles qu'on voit écrites sur
les autres panneaux, eût été conservé.

Au milieu du tableau, tout-à-fait sur le devant,
les artistes ont figuré la fontaine d'eau vive, à laquelle,
d'après le verset 17me du chapitre cité de l'Apocalypse,
l'Agneau conduira les fidèles. Une colonne, placée au
milieu de la fontaine et surmontée d'un ange en bronze,
fait jaillir l'eau dans le bassin par plusieurs bouches de
dragons. La clarté de l'eau et les cercles que forment
sur sa surface les différens jets dont elle est battue,
sont imités à merveille (2). En haut, tout au bord du
tableau, au-dessus de l'Agneau et aux pieds du Père
Éternel représenté sur le n° 1, est placé le Saint Esprit,
envoyé par Dieu sous la forme d'une colombe, et répan-
dant des rayons d'or sur la multitude rassemblée au bas.
Quoique tous ces détails que contient le tableau de
l'Agneau soient parfaitement bien exécutés, l'ensemble

---

(1) Patron de la ville de Gand.

(2) Sur la plate bande en haut du bassin de la fontaine on lit:
HIC EST FO... AQUE .VITE PROCEDENS DE SEDE DEI ✝ HONI.
(*Hic est fons aquæ vitæ, procedens de sede Dei* ✝ *hominis?*)

n'en fait pourtant pas, à cause de la dispersion des groupes, un effet aussi agréable et aussi harmonieux que celui que produit chacun des quatre volets séparément ; sur-tout, ceux qui en sont les plus proches, n°s 9 et 10.

Si nous regardons le fond des volets n°s 9 et 10 comme un seul paysage, nous y voyons, dans le milieu, une masse de rochers pleine de crevasses et de ravins et couverte en haut d'herbes et de buissons. Plus en arrière, s'élèvent, des deux côtés, des collines vertes garnies d'arbres, derrière lesquelles on voit des tours et d'autres édifices. Le n° 9 montre, dans le lointain, une chaîne de montagnes couronnée de châteaux forts, mais dominée elle-même par des sommets plus élévés encore et couverts de neige. Sur le devant, les guerriers du Christ, *milites Christi*, comme porte l'inscription, débouchent d'un ravin et s'avancent vers l'Agneau. Nous sommes persuadés que les frères Van Eyck ont voulu représenter ici les plus illustres des héros et princes qui ont pris part aux croisades. A la tête de ces guerriers marchent, couverts d'une cuirasse resplendissante et portant le drapeau de la victoire marqué d'une croix, trois jeunes chevaliers dont les cheveux flottans sont ceints de couronnes de laurier. Si les figures des deux personnages qui marchent de chaque côté annoncent la valeur et la fidélité, les traits nobles et pleins de caractère de celui qui est au milieu d'eux, et qui est désigné comme la figure principale par le beau cheval blanc qu'il monte, expriment une dévotion et une inspiration religieuse que l'art a rarement réussi à rendre si parfaitement. On voit en lui une nature forte et puissante reconnaître pourtant quelque chose de supérieur à elle-même, et s'humilier devant la puissance divine dont la pensée le remplit tout entier. Il nous paraît presque certain que, sous les traits de ce guerrier, le peintre a voulu représenter le plus noble et le plus généreux de tous les chefs croisés, Godefroi de Bouillon ; comme les deux autres, qui l'accompagnent, sont vraisemblablement Tancrède et Robert de Flandres. (1) Viennent ensuite quatre personnages couronnés, et deux hommes coëffés d'une toque. Parmi les premiers, l'un porte la couronne impériale et une longue barbe grise ; ce pourrait bien

---

(1) Il nous paraît difficile d'admettre que ces trois figures sont de personnages aussi marquans ; le caractère exprimé dans leurs physionomies et les bannières qu'elles portent, font croire que ce sont des figures idéales ; représenteraient-elles les porte-étendards des anciennes *confréries*, qui suivirent les comtes de Flandres dans la Palestine ? On sait qu'avant l'établissement des armées permanentes, ces confréries, toutes réunies sous le patronage de S. George, formaient dans la Flandre la milice nationale et urbaine et livraient leur contingent pour les expéditions lointaines. La figure du milieu porterait, dans ce cas, la bannière de la *confrérie de l'arc* ; celle à sa gauche, la bannière de la *confrérie de l'arbalète*, et la troisième, sur le devant, celle de la *confrérie de l'escrime* ; il est à remarquer que ces confréries portent encore aujourd'hui les mêmes couleurs et les mêmes formes de croix dans leurs bannières, à l'exception de celle de S. George (*de l'arbalète*), qui a changé les croix vertes en croix rouges, à l'instar d'autres confréries de la Flandre, qui avaient déjà adopté cette couleur en 1410 ; ce fut aussi vers le même tems qu'elles se subdivisèrent et que celle de l'*arc* prit pour patron, S. Sébastien, celle de l'*escrime*, S. Michel. Ces anciens vestiges de notre organisation militaire, toute particulière à ce pays, sont encore conservés dans la Flandre ; les mêmes confréries rendent de grands services pendant les tems de guerre, lorsque les villes sont confiées à la garde des habitans (*). Après que l'usage de la poudre fut introduit, une 4me confrérie a été formée sous le nom de *confrérie de l'arquebuse* et sous le patronage de S. Antoine.

(*) En 1814, chacune de ces confréries, reçut une médaille, sur laquelle étaient gravées les armes de la ville et la légende : PRO PUBL. TRANQUILL. FORTITER ASSERTA. Au revers les armes de la confrérie et la légende : GANDA MEMOR.

2

être l'Empereur Frédéric I.er, qui, à ce que l'on sait, entreprit la croisade dans un âge très-avancé. Un autre, orné de la couronne royale et offrant les traits de la famille des Valois, qui du tems des van Eyck régnait en France et dont un prince pourrait bien avoir fourni aux deux peintres le type de cette ressemblance, est très-probablement Saint-Louis. Toutes les autres physionomies portent un caractère allemand-flamand (1).

Sur le volet nº 10 sont représentés, d'après l'inscription : *Justi judices*, les justes juges. Ils sont au nombre de dix cavaliers ; mais ils n'égalent pas, pour l'expression des caractères, les figures du numéro précédent. La figure principale de ce panneau est un homme déjà un peu vieux, mais d'une physionomie extrêmement douce et bonne ; il monte un cheval blanc richement harnaché et porte une superbe pelisse bleue et une toque fourrée ; on croit que c'est le portrait de Hubert van Eyck. Plus loin, la figure d'un homme plus jeune, ayant des traits heureux et une expression douce et sensible, vêtu d'un habit noir, portant au cou un chapelet de corail rouge et, autour de la tête, une coëffe d'une étoffe noire nouée de manière que les bouts en dépassent, est prise ordinairement pour celle de Jean van Eyck. Il

(1) Il n'est pas facile de concevoir ce qui, dans la pensée de l'auteur de la notice, constitue le caractère *allemand-flamand*, dans des physionomies. Il nous paraît vraisemblable qu'en général le peintre a choisi ses personnages dans l'histoire nationale et qu'ainsi les quatre figures couronnées représentent quatre Princes de la Belgique auxquels les événemens des croisades ont fait porter des couronnes. Nous ne pouvons, sur-tout, pas admettre que celle de ces figures qui porte la couronne impériale (a) puisse représenter *Frédéric I*; d'abord parce que ce souverain était absolument étranger au pays et aux affections du peintre ; et ensuite, à cause de ses longs et violens démêlés avec le Saint Siége. Puisque nous sommes réduits aux conjectures, il nous paraît plus conforme à l'esprit du

(a) Dans les copies de Coxie cette figure est montée sur une mule blanche.

est du moins vrai que ces deux figures sont le type de tous les portraits que nous avons vus des deux frères, gravés tant en bois qu'en taille-douce. Un des deux cavaliers qui marchent entre ceux qu'on croit être les frères van Eyck, est, selon *van Mander*, Philippe-le-Bon. Mais, comme les traits de ce prince nous sont parfaitement connus par plusieurs portraits historiques incontestablement vrais et anciens, nous pouvons affirmer avec assurance que ni l'une, ni l'autre de ces figures, ni aucune autre qui se trouve dans le tableau, ne lui ressemblent (1). D'ailleurs ces deux figures ne sont vues qu'en

peintre et aux convenances du sujet, de voir dans ce personnage le Comte de Flandres Baudouin VIII, dit de Constantinople, qui fut élu et couronné Empereur d'Orient, en 1202, et périt dans une guerre contre les Bulgares, en 1204; il est vrai que la couleur grise de sa barbe ne s'accorde pas avec son âge qui n'a été que de 35 ans; mais, du reste, les principaux traits de la figure lui donnent en effet beaucoup de ressemblance avec les portraits que les historiens nous ont laissés de ce prince. Rien ne nous paraît s'opposer, du reste, à ce qu'un Roi de France soit au nombre des quatre têtes couronnées, puisque ces Rois, dont plusieurs se sont rendus célèbres dans l'histoire des croisades, étaient souverains ou plutôt suzerains de la Flandre; mais si Godefroid de Bouillon et Robert de Flandres sont réellement représentés dans le tableau, nous croyons devoir les y chercher plutôt parmi ces mêmes têtes couronnées que parmi les porte-étendarts, qui cependant, selon les anciens documens que possèdent les confréries, peuvent avoir été des personnages d'un rang élevé.

(1) Comme sur ce panneau sont représentés les justes juges et que les Comtes de Flandres exerçaient les fonctions de chef-juge, il se pourrait que cette figure représentât Charles-le-Bon, qui établit dans la Flandre de nouvelles institutions et y affermit la justice. Le surnom de *bon* l'a fait confondre par van Mander avec Philippe-le-bon; et parce que ce Prince était contemporain des van Eyck, il l'a cru le donateur du tableau. Dans plusieurs portraits, le Comte Charles est représenté avec une espèce de camail en hermine et un bonnet pareil à celui que van Eyck lui a donné; nous ferons observer en outre, qu'aucun autre Comte de Flandre n'a été figuré de cette manière.

partie seulement, et elles sont tellement subordonnées aux autres que, pour cette raison déjà, on aurait peine à croire qu'aucune d'elles représentât le duc de Bourgogne. Ce qui est remarquable encore dans ces deux tableaux, c'est que l'attention et les soins des peintres pour donner à chaque objet son caractère propre, ne se borne pas aux hommes seulement , mais s'étend même sur les chevaux qui tous sont supérieurement peints. Les blancs, par exemple, ont un air doux et docile, tandis qu'un des noirs agite la tête avec violence, comme s'il était très-farouche et très-méchant.

Sur les volets à gauche du tableau principal, le paysage, qui se continue à travers les deux panneaux, est très-sagement modifié d'après le caractère différent de la composition historique. Sur le nº 11, qui, d'après l'inscription : *Heyremiti S.ti*, représente les saints ermites, nous voyons, à droite, des rochers escarpés, garnis en haut d'arbres de différentes espèces; tels que palmiers, cyprès, et autres. A gauche, s'étend une épaisse forêt, bordée de nombreux orangers chargés de fruits. Entre les rochers et la forêt, on voit sortir la troupe religieuse des ermites d'un obscur défilé, qui marque d'une manière très-expressive leur retraite sombre et solitaire. Sur le côté droit du nº 12, qui représente les saints pèlerins, *Peregrini S.ti*, comme il est écrit en bas, la forêt continue; mais, entr'elle et une petite colline verte garnie d'arbres, s'ouvre une vue dans le lointain. Nous y voyons d'abord une eau limpide, puis une ville, derrière laquelle des hauteurs doucement ondulées ferment l'horizon. De cette riante vallée sort la procession des pèlerins; nous voyons qu'ils viennent de très-loin et qu'ils ont dû faire bien des pas avant de voir le but sublime, avant d'arriver au terme sacré de leur long pélerinage. — Les saints er-

mites au nombre de dix, affublés de frocs d'une couleur foncée, portant dans les mains des rosaires, sou-
tenant par des béquilles leur marche chancelante, s'avancent vers l'Agneau. Leurs chevelures et leurs barbes
touffues, grises chez les uns, noires chez les autres, et
un ton rembruni de carnation s'allient parfaitement avec
les traits sévères et même quelquefois sinistres de leurs
figures. Ces figures sont évidemment imitées de leur type
commun, de la tête de St. Jean-Baptiste de la série
supérieure. On distingue sur-tout deux de ces ermites: l'un, la tête inclinée avec vénération, le regard
fixé sur l'Agneau, prie avec une ferveur austère; la
vérité de l'expression dans ses traits est frappante pour
quiconque a observé attentivement dans sa vie, des in-
stans semblables d'une dévotion profonde et sincère.
La figure de son voisin à gauche, est plus expressive
encore; c'est le digne pendant du brave guerrier, dont
plus haut nous avons admiré le recueillement religieux.
L'âme de cet ermite, comme son regard plein d'une
inspiration humble et résignée, s'abime, pour ainsi dire,
toute entière dans la contemplation de la divinité,
pendant que son corps se meut en avant par une marche lente, presque involontaire ou purement mécani-
que. Quoique les autres ermites ne produisent pas
tous sur nous une impression aussi forte, cependant,
ils nous font également admirer, dans les deux peintres,
une grande habileté à observer la nature, et un rare
talent pour rendre avec vérité l'individualité de chaque
caractère. On reconnait, par exemple, dans plusieurs
de ces figures, à des sourcils singulièrement relevés et
comme tirés en haut et aux plis qu'ils forment sur le
front, des personnes dont la vie contemplative approche
d'un état visionnaire et fanatique. On doit présumer que

les frères van Eyck, dans le nombre considérable de moines et de pèlerins qu'il y avait de leur tems, avaient fréquemment l'occasion de voir des physionomies semblables. La marche des ermites est fermée par deux femmes dont l'une est Marie-Madeleine ; on la reconnait au vase à parfums, qu'elle porte. L'une et l'autre sainte ont les cheveux flottans ; leur habillement ressemble pour la forme à celui que porte la Vierge dans la série supérieure. Leurs traits sont très-bien formés et d'une bonne expression, sans précisement être frappans. Pour l'effet total, qui est plein de vigueur et d'harmonie, ce volet l'emporte sur tous les autres ; et, pour le choix des caractères, il dispute même le rang à celui qui représente les guerriers du Christ.

Sur le volet n° 12, la figure colossale de *S. Christophe*, marchant à la tête des pèlerins, nous frappe par sa grandeur démesurée. Par dessus une tunique blanche qui lui descend jusqu'aux genoux, il porte un ample manteau rouge qui lui couvre les deux bras et l'une des mains, et forme, en tombant par devant, des plis d'un bon mouvement et agréablement rompus. Les pieds du saint sont, comme ceux des ermites, d'un dessin un peu maigre et exigu. De la main droite, il pose devant lui un énorme bâton ; sa figure ombragée d'une chevelure et d'une barbe longues et noires, mais d'une exécution moins heureuse que beaucoup d'autres du tableau, est tournée de côté. De la main gauche il fait signe à la troupe des pèlerins de le suivre. Cette troupe se compose de dix-sept figures extrêmement petites, comparativement à S. Christophe. Ils portent, presque tous, des habits d'une couleur sombre. Un d'entr'eux, dont le chapeau est garni de coquilles, se distingue avantageusement par une contenance grave et

sérieuse. Un autre, au contraire, dont la figure n'est vue qu'en profil, a des traits un peu maigres, quoiqu'ils ne manquent pas de vérité. Un autre encore, plus jeune, vêtu de rouge et tenant le bourdon dans la main, a une mine contente et joyeuse. La physionomie d'un quatrième, nous montre encore cette même exaltation visionnaire dont nous avons parlé plus haut. La manière délicate dont les tons de la carnation sont gradués dans les différentes figures et la variété des nuances qu'on remarque dans les étoffes brunes, sont admirables dans l'un et l'autre tableau, quoique le n° 12 n'égale pas à beaucoup près le n° 11, ni pour l'expression des caractères un à un, ni pour l'effet total de l'ensemble.

Lorsque tous les volets sont fermés, le tableau présente la forme et la disposition marquées dans la gravure ci-jointe ; sur ceux de la partie supérieure marquée A, est figurée l'*Annonciation*, dans une chambre d'architecture allemande (1), avec un plancher de solives à la façon antique. Sur le côté opposé du n° 4 (2), est représentée la Vierge ; agenouillée devant une table, qui sert d'autel et est recouverte d'un drap verd, elle reçoit le message divin, regarde un peu en haut, et sa tête, de laquelle ses cheveux blonds retombent sur les épaules, est tournée de manière à ce que sa belle figure soit presque vue en face. Sa candeur virginale et une calme et humble résignation à la volonté de Dieu, y sont exprimées d'une manière aussi délicate que vivante. Cette même expression se trouve encore dans la manière dont elle se tient

---

(1) Cette architecture est aussi dans le style de celle qui fut en usage en Flandres ; dans les maisons-de-ville et autres établissemens publics, on en voit encore beaucoup d'exemples.

(2) Les sujets représentés sur les n°s 4 et 5, sont d'après les copies de Coxie, qui, à en juger par la description de M. Waagen, paraissent conformes à l'original.

les mains croisées sur la poitrine; geste d'un choix si
heureux, qu'il rend tout-à-fait superflue l'inscription
tracée devant elle : *Ecce ancilla Dom.* Ces inscriptions
étaient alors consacrées par l'usage : autrement on eût
pu fort bien s'en passer ici, comme sur les autres
panneaux (1). Marie est vêtue à-peu-près de même qu'en
haut, sur le tableau n° 2, mais en blanc. Sa robe de
dessous est riche de plis, mais d'un jet moins bien
motivé et rompus quelquefois d'une manière un peu
dure. A travers la fenêtre ouverte, l'on voit quelques
maisons et une partie de l'air; cette vue est peinte avec
une vérité et une clarté dans les tons des couleurs, qui
frappe agréablement. Le n° 5 nous montre, dans l'autre
moitié de l'appartement, l'ange annonciateur. Il est
vêtu, pour la forme comme pour la couleur de l'habillement, de la même manière que la Ste Vierge. Les
mouvemens des plis dans les draperies sont du même
goût; mais ce qui distingue l'ange, ce sont les grandes
aîles qu'il porte et qui sont imitées de celles du per-
roquet verd, oiseau probablement très-rare encore en
Europe du tems des van Eyck. Les cheveux de l'ange
sont contenus négligemment par un bandeau orné, sur
le front, d'un saphir entouré de perles et surmonté
d'une croix isolée. Tenant un lis dans la main gauche,
et montrant le ciel de la droite, l'ange s'acquitte à
genoux de son message. La satisfaction qu'il en
éprouve et l'action de parler, sont rendues avec une
grande vérité dans sa figure délicate et fraîche de jeu-

---

(1) Puisque ce n'est que sur quelques panneaux de cette composition qu'on a placé des inscriptions en or sur la peinture même
et à travers les différens objets qui y sont représentés, on peut en in-
férer : que c'est une innovation, faite par Jean; qui depuis qu'il
s'était chargé d'achever l'ouvrage commencé par son frère, n'a
plus placé d'inscription que sur les cadres.

nesse. Devant lui, on lit ces mots : *Ave Maria.* La
chambre où se passe la scène, est très-simple et carre-
lée de petites pierres brunes. La perspective de l'appartement est tracée de main de maître ; les grandes
ombres reflétées tant de la figure entière que des ailes,
sur-tout sur la muraille, sont très-remarquables ; car,
avant d'observer ces reflets en grand et dans l'ensemble
d'un tableau, on a ordinairement commencé par les
essayer dans les détails seulement ; de sorte qu'on en
trouverait peut-être difficilement un autre exemple
dans un tems aussi ancien. Le demi-cercle par lequel
se termine le haut de ces deux panneaux, est bordé
inférieurement par le cadre, qui forme ainsi deux
autres petits tableaux. L'un, placé au-dessus de la
Vierge, représente, ainsi qu'il est indiqué sur le cadre,
le prophète Michée, s'appuyant du bras gauche et de
la main droite ; il regarde, en bas, la Vierge Marie d'un
air plein d'une inspiration prophétique. Une barbe et
une chevelure longues et fortes ombragent son visage
grave et imposant. A sa gauche, est posé le livre ouvert de ses prophéties ; on en lit en caractères latins,
sur une bandelette déroulée au-dessus de sa tête, le
premier verset du sixième chapitre : *Ex te egredietur qui
sit dominator in Israel.* La partie inférieure de son
vêtement est verte ; celle de dessus est blanche. — Sur
l'autre partie cintrée, au-dessus de l'ange, on voit,
d'après l'inscription, le prophète Zacharias. Sa tête est
couverte d'un bonnet fourré, pareil à celui que porte
Hubert van Eyck dans les copies nombreuses et très-
connues de son portrait. Le prophète a un vêtement de
dessous garni de fourrure ; celui de dessus est doublé
d'hermine. Il tient également dans la main gauche le
livre ouvert de ses prophéties et, d'un air inspiré et

animé, il y montre du doigt, un passage, qui est probablement celui que contiennent les paroles écrites sur
la bandelette qui flotte au-dessus de sa tête : *Exulta satis,
filia Sion jubila. Ecce rex tuus venit.* c. 9. v. 9. (1).

L'indication très-prononcée ici des ombres reflétées
de la tête sur la bandelette, mérite encore de fixer
notre attention. Du reste, les tableaux du côté extérieur des volets, ayant été constamment exposés, sont
tous pâles et plus faibles en couleur que ceux de l'intérieur qu'on a eu grand soin de conserver en les tenant
fermés. Cette observation s'applique sur-tout à ceux
de la série supérieure, qui paraissent avoir été, plus
que les autres, exposés à l'influence des rayons du
soleil. Quant aux sujets représentés sur les volets plus
étroits n°s 6 et 7, nous ne pouvons encore, pour le
moment, en donner une description détaillée ; mais
nous avons l'espoir, même la certitude, de pouvoir
bientôt les faire également connaître à nos lecteurs
d'une manière exacte et satisfaisante (2).

---

(1) Coxie a omis ces bandelettes et les inscriptions.

(2) La gravure marquée A, représente les sujets des n°s 6 et
7, tels qu'ils se trouvent sur le tableau original conservé dans la
cathédrale de Gand ; l'artiste a prolongé, sur ces deux panneaux,
l'intérieur de l'appartement où se passe la scène de l'Annonciation ; dans le fond du n° 7, on observe, à travers deux arcades
gothiques, une vue prise dans l'intérieur de la ville de Gand, et
dont nous joignons ici la lithographie ; on y reconnaît à droite le
clocher de l'église de l'ancien hospice des tisserands ; dans le fond,
la porte, depuis démolie, et nommée en flamand, *walpoorte,*
en wallon, *pont madou ;* à gauche on voit la petite rue de
S. Martin, et la maison connue anciennement sous le nom d'*hôtel de Papeghem,* (steen van Papeghem) habité en 1373 par un
prêtre de ce nom ; la maison en face portait le nom de *Malreons-
steen.* Nous pouvons indiquer en quelque sorte, au moyen de
cette peinture, la maison où les van Eyck ont exécuté ce tableau ;
car dans cette partie tout est peint d'après nature et cette vue ne

MAISON DE HUBERT VAN EYCK À GAND.

Lith. de Bisendorff à Gand.

Nous passons aux représentations qui se trouvent sur le *côté extérieur* des volets d'en bas. Chacun des

pouvait avoir d'autre attrait pour eux que celui de l'avoir sous les yeux; les ombres portées par l'effet du soleil, semblent nous indiquer aussi qu'elle a été peinte dans le courant de Juin ou de Juillet, entre les cinq et six heures du matin. En prenant le point de vue à la hauteur et à la distance d'où le peintre doit avoir été placé pour prendre cette vue, il correspond parfaitement au premier étage de la maison faisant le coin de la rue *aux vaches* (*koey-straet*), marquée aujourd'hui du N° 26; nous en donnons ici la lithographie.

— A la hauteur des arcades, on lit en lettres d'or: *plena dus tecu*, ce qui complète l'inscription marquée sur le n° 5. Dans la partie cintrée du haut, est représentée une figure agenouillée, la main droite levée et, de la gauche, relevant sa tunique qui est blanche; elle porte une espèce de manteau de couleur jaune; sa coëffe est une espèce de turban bleu mêlé de blanc; un morceau d'étoffe noire est noué autour du cou. Sur une banderolle, on voit différens mots, dont le sens est interrompu par le pli du milieu: *Nil mortale conãb. afflata .....es numine celso*, au-dessous on lit: *Sibilla Eritrea* (a). Les arcades dans le fond du n° 6, ne sont pas percées à jour; dans l'une, est suspendu une espèce de *lavabo*, et, dans la partie cintrée d'en haut, se trouve également une figure de femme agenouillée; sa main droite est posée sur la ceinture, sur laquelle on lit: *Meiaparos* (?); elle porte un habit verd garni de fourrures, un corset bleu, et un voile blanc au-dessus de sa coeffe garnie de perles; sur la banderole au-dessus on lit: *rex ai... aduëiet p secla futur? sciz i carm*; au-dessous, sur la bordure est écrit: *Sibilla Cumana* (b). Les van Eyck y ont placé ces Sibylles, à cause sans doute des prédictions dont il est fait mention dans des hymnes de l'église

(a) Sibylle d'Erythrée, une des plus renommées de l'antiquité.

(b) Fameuse Sibylle née à Cumes dans l'Eolide, qui, d'après un auteur ancien, vint présenter à Tarquin ses neuf livres de prédictions, pour la somme de 300 pièces d'or; sur le refus du Roi, elle en jetta trois au feu en sa présence, ensuite, trois autres, et toujours en exigeant le même prix pour le nombre des volumes restant. Tarquin, frappé de cette obstination, en fit l'acquisition pour le prix demandé et les fit déposer au Capitole, où ils furent consumés par les flammes lorsqu'à la prise de Rome par Sylla, le Capitole fut incendié.

quatre panneaux nous montre, dans une niche bordée de colonnes très-minces et avec des ornemens très-simples, une figure isolée (1). Sur les nᵒˢ 10 et 12, qui occupent le milieu (2), sont les figures de S. Jean-Baptiste et de S. Jean l'Evangéliste, en forme de statues sculptées d'une pierre blanche, qu'on prendrait pour une pierre calcaire très-dure. Elles sont posées sur des plinthes très-simples et octogones. S. Jean-Baptiste est représenté nu-pieds, montrant de la main droite l'Agneau, qu'il tient sur le bras gauche. Sa tête chargée d'une barbe et d'une chevelure abondantes et partagées en belles masses, offre des formes nobles, et l'expression d'une mâle dignité, d'un caractère grave

---

romaine. Ces deux figures n'ont pas du tout le caractère ni le travail du pinceau des autres tableaux ; et, comme plus loin M. Waagen remarque que les parties extérieures, à l'exception des têtes et des mains, ne sont pas d'une exécution égale aux autres parties de cette vaste composition, nous pouvons en quelque sorte affirmer que les van Eyck les ont laissé exécuter par leurs élèves. Un œil un peu exercé y reconnaît facilement le pinceau d'un jeune peintre, qui cependant a déjà su donner à son ouvrage un caractère qui le distingue de son maître. En faisant la comparaison de la *Sibylla Cumana* avec la composition de Gerard van der Meeren, conservée dans la même église, nous ne devons plus douter que cet élève de Hubert van Eyck n'ait peint cette partie du tableau (a).

(1) Les sujets de la série inférieure, représentés par la gravure fig. B, sont dessinés d'après la copie de Coxie; on y voit qu'il n'a pas suivi l'original et qu'il a placé, dans des niches très-simples, les quatre Evangélistes.

(2) Dans la gravure fig. B, le graveur a placé, par erreur, le volet nᵒ 11 à la place que devait occuper le nᵒ 12, de manière que S. Marc doit se trouver entre S. Jean et S. Luc et que par conséquent les nᵒˢ 10 et 12 doivent occuper le milieu.

(a) M. Schultz, de Berlin, est occupé dans ce moment à dessiner pour S. M. le Roi de Prusse une partie de cette composition.

et calme. Par dessus son costume ordinaire, la peau de bête fauve, il porte un vêtement rattaché sur la poitrine par une agrafe ; mais les pans, qui ordinairement tombent d'aplomb, sont relevés ici par devant. Les mouvemens de la draperie, quoique bons et louables en général, sont en quelques endroits, confus et encombrés de masses de plis trop durs et que des angles aigus rendent choquans. S. Jean l'Evangéliste forme, avec le maintien grave et sévère de S. Jean-Baptiste, un bel et agréable contraste. Il est figuré comme un jeune homme encore sans barbe, ayant les traits extrêmement doux et fins, portant une chevelure riche, bouclée et dispersée d'une manière très-gracieuse autour de la tête, qui, toute entière, respire la douceur et la bonté. Il a la main droite levée pour donner la bénédiction ; dans la gauche il tient, comme de coutume, le calice, du milieu duquel se lève la tête d'un animal fantastique ; tandis que, sur les bords, quatre serpents tortueux dressent leurs têtes. Les vêtemens de l'Evangéliste, si ce n'est qu'il porte une tunique au lieu de la peau de bête, sont à-peu-près arrangés de la même manière que ceux de l'autre figure ; mais les plis en sont plus confus encore, plus âpres et plus anguleux, et marquent beaucoup moins bien la forme et le mouvement des différentes parties du corps (1). En comparant ces draperies avec celles que l'on voit sur les autres panneaux, on est presque convaincu que l'artiste a copié ici, à dessein, des statues véritables faites de son tems en Belgique ; et l'on doit admirer avec quelle sagesse et quelle liberté il a choisi la manière la plus convenable

---

(1) La figure représentée par Coxie sous le nom de S. Jean l'évangéliste, est peut-être fidèlement copiée d'après l'original ; du moins, d'après la description, elle en approche beaucoup.

de les imiter. La fonte extrême des tons ne pouvant guère servir à l'effet qu'il se proposait, il l'a prudemment évitée. Les coups de pinceau sont ici plus larges et plus hardis, les lumières plus tranchantes; les taches sur la peau qui couvre S. Jean et sur celle de l'Agneau, sont d'une régularité un peu grossière, comme vraisemblablement elles existaient dans les statues mêmes, qui n'étaient pas, à ce qu'il paraît, exécutées dans leurs détails avec un talent ni un soin supérieurs. Les têtes seules des figures n'ont pas été prises de ces statues. Non-seulement elles montrent, en général, une beauté idéale dans les traits et un goût très-noble dans l'ordonnance de la chevelure, mais la tête de S. Jean-Baptiste nous frappe même par une ressemblance parfaite avec celle d'Esculape chez les anciens; de même, celle de l'Evangéliste nous rappelle les formes suaves de leurs divinités juveniles, nommément celle d'Apollon très-jeune encore; de sorte qu'on ne peut s'empêcher de croire que l'artiste n'ait déjà eu, de quelque manière que ce fût, l'occasion de voir des antiques. Le ton des lumières et les ombres de la pierre sont d'une vérité remarquable; mais ce qui frappe sur-tout, c'est l'observation aussi juste que fine des grandes ombres. Parmi ces dernières, les plus clairement indiquées sont : d'abord celles que l'Agneau projette sur le vêtement de S. Jean-Baptiste, ensuite celles que les deux doigts de l'Evangéliste, qu'il tient recourbés en donnant la bénédiction, réfléchissent sur l'intérieur de sa main. Les pieds nus du premier, eu égard au raccourci très-fort et très-hardi, méritent pour ce tems là beaucoup d'éloges. Les mains cependant sont beaucoup plus belles et d'un mouvement plus libre et plus gracieux.

Sur le côté extérieur des volets nᵒˢ 9 et 11, qui occupent les deux extrémités de la série inférieure, on
voit deux figures, sans doute des portraits. La première
représente un homme âgé, qui, tenant les mains éten-
dues et jointes ensemble et le regard levé vers le ciel, est
à genoux en prière; son vêtement rouge, à larges manches et bordé d'une fourrure brune, est ceint, assez bas,
par une courroie très-simple de cuir noir. Les plis, dans
le haut de la robe et dans les manches sur-tout, sont
d'une grande vérité et d'un très-bon goût; mais, dans
le bas, ils deviennent, par l'effet naturel de la ceinture
serrée, presque parallèles et par conséquent unifor-
mes et monotones. Le vêtement et la fourrure sont
traités avec moins de soin qu'on n'est habitué à le voir
dans ce tableau; la dernière est même peinte un peu
légèrement pour les van Eyck. Mais, en revanche, il
paraît que dans la physionomie de la tête, le peintre
se soit évertué pour montrer tout ce dont son art et
son génie étaient capables. Elle appartient aux portraits du premier ordre; l'artiste ayant profondément
saisi l'âme, ou, pour mieux dire, l'essence de l'homme,
qu'il nous représente dans un des momens les plus fé-
conds pour l'art, celui où il fait de ferventes prières.
On trouve dans cette figure un caractère franc, loyal,
sage et formé par une grande expérience. L'expression
de sa dévotion calme et confiante et en même tems un
certain effort pénible qu'on remarque dans sa manière
de lever les yeux, sont d'un effet qui nous frappe et
nous touche vivement. Si avec cela nous examinons
attentivement : comment ces yeux, nageant pour ainsi
dire dans un ton vaporeux, comment ce front un peu
ridé par l'effort que fait la personne pour regarder en
haut, comment ces joues, ce nez, cette bouche, ces

oreilles et ces mains sont modélés et dessinés; combien les ombres sont claires et bien entendues; combien
le ton de la carnation est chaud et vrai; nous devons
convenir que l'art se montre déjà ici au plus haut degré
de son perfectionnement, et ne laisse plus rien à dé-
sirer. La figure sur le n° 11, également à genoux dans
l'action de prier, et tenant les mains jointes de la même
manière, est une femme d'un certain âge, d'une physionomie agréable et exprimant de même une dévotion
calme et résignée. Sa tête est peinte admirablement;
les tons en sont choisis et gradués avec une finesse
extraordinaire. Elle est vêtue d'une robe de couleur
violette un peu passée, et doublée de vert; les plis sont
imités avec une grande fidélité; sa coiffe consiste en un
drap blanc très-simple, qui, en guise de voile, retombe
du haut de la tête sur les épaules; par dessus, elle
porte une espèce de bonnet d'une étoffe très-fine et
transparente; sur le front, ce bonnet est attaché au
voile par une épingle; les ombres qu'il fait sur le front
sont rendues avec une délicatesse admirable.

On était resté dans une incertitude complète relative-
ment aux personnes que représentent ces portraits, jusqu'à ce qu'enfin, sous la couleur verdâtre dont les deux
cadres sont peints au côté extérieur des volets, on
découvrit quelques traces de lettres. Après avoir fait
enlever la couleur avec précaution, en commençant
en dessous de la figure d'homme, on vit paraître très-
lisiblement l'inscription suivante, en forme d'hexamètre, et écrite en caractères gothiques:

Pictor Hubertus ab Eyck, major quo nemo repertus.

Ces mots paraissaient indiquer clairement que le
portrait, placé au-dessus n'était autre que celui de Hubert van Eyck, qui, d'après *van Mander,* mourut avant

l'achèvement du tableau ; et, comme on savait de la même source que la sœur des van Eyck, Marguerite, était morte à cette époque, on en conclut, que la figure de femme que nous voyons ici, devait représenter Marguerite, et que sans doute Jean avait voulu élever dans ce tableau, un monument à la mémoire chérie des deux défunts.

Encouragé par un succès aussi heureux, on continua d'enlever la couleur des bords inférieurs des cadres, et partout se montrèrent des inscriptions semblables, qu'on n'est cependant parvenu à déchiffrer et à expliquer complètement que depuis peu, lorsque les différentes tables eurent été placées dans leur ordre primitif et que plusieurs connaisseurs se furent appliqués à en découvrir le véritable sens.

On trouva, premièrement, que chacun des trois autres panneaux contenait de même un vers hexamètre ; ensuite on reconnut que ces quatre vers étaient liés entr'eux et devaient, pour donner un sens intelligible, se lire de suite, et dans un ordre qui se continue sur les panneaux 9, 10, 12 et 11 ; placés de cette manière, ils sont de la teneur suivante :

Pictor Hubertus ab Eyck, major quo nemo repertus
Incepit ; pondusque Johannes arte secundus
SUSCEPIT LAETUS, *Judoci Vyd prece fretus,*
VersV seXta MaI Vos CoLLoCat aCta tVerI.

Le troisième vers est le seul des quatre qui soit mutilé ; le commencement y manque tout-à-fait. Il paraît qu'en renouvellant la serrure qui fermait les volets, on a eu la maladresse de creuser l'endroit du cadre où elle devait s'adapter, et d'emporter ainsi, le commencement de l'inscription. Ensuite, pour rétablir la couleur uniforme du cadre et des ferrures, on a, proba-

3

blement à la même époque, peint tout le bord du cadre
de cette couleur verdâtre qui a caché si long-tems l'inscription. Quant à la manière dont nous avons tâché de
suppléer à la partie qui y manque, par les mots imprimés
en petites majuscules, nous pensons qu'elle ne peut guè-
res s'éloigner de la vérité. Non-seulement elle convient
parfaitement au sens de l'inscription, mais elle s'accorde
encore également bien avec ce jeu de rime qu'on trouve
dans les autres vers; car, de même que *Hubertus* rime
avec *repertus*, *pondus* avec *secundus*, de même *laetus*
doit rimer avec *fretus*; et, dans le dernier vers, le
même jeu se répète encore dans les mots *maï* et *tueri*.
Enfin aucun autre verbe d'une signification semblable,
comme il en faut certainement un ici, ne pouvait convenir mieux au mot *incepit*, que celui de *suscepit*, également-
ment à cause de l'assonance (1). Dans le quatrième vers,
chronogramme d'une latinité peu recommandable, les

_____

(1) Dans le *Messager des Arts, de septembre* 1823, on trouve
cette inscription telle qu'elle a été copiée par C van Huerne; elle
est ainsi conçue:

   Pictor Hubertus e Eyck, major quo nemo repertus
   Incepit pondus quod Joannes arte secundus
   Frater perfectus *Judoci Vyd prece fretus*
   VersU seXta MaI Vos CoLLoCat aCta tUerI.

Je dois faire observer qu'il est plus que probable que *C. van
Huerne* a copié de mémoire et que des incorrections peuvent na-
turellement s'y être glissées; je n'hésite donc pas à croire que la
copie de M. W. est d'autant plus exacte qu'elle offre un sens complet, sans solécisme et sans faute de prosodie; j'admets la resti-
tution *suscepit lœtus*, comme heureuse; mais, puisque le copiste
du XVIme siècle a mis *perfectus*, ne serait-ce pas une réminis-
cence du mot *perfecit*, dont peut-être, à cette époque, quelque
caractères étaient encore visibles? Or, je soumets à la critique
éclairée et au jugement de M. W. lui-même, si *perfecit lœtus*,
ne rend pas mieux sa propre idée *d'achèvement de la grande
composition*, que ne pourrait le faire le mot *suscepit?*

lettres numérales sont distinguées dans l'original par la couleur rouge; nous les avons indiquées par des initiales. Après ces explications, nous pouvons maintenant établir le sens de l'inscription de cette manière :

Le peintre Hubert van Eyck, le plus grand qui ait jamais existé, a commencé cet ouvrage, et Jean, le premier de son art après lui, s'est chargé d'achever cette grande œuvre, engagé par les prières de Josse Vyd. Dans ce vers, le 6 mai vous montre les tableaux achevés exposés à la vue du public.

En rassemblant les numérales de ce chronogramme, on trouve que c'est le 6 mai 1432, qu'a été faite la première exposition du tableau achevé (1).

Ces inscriptions, apposées de la main de Jean van Eyck même, ou du moins sous ses yeux, sont pour nous du plus grand intérêt, tant par leur contenu même que par les conséquences importantes qu'on peut en tirer. Si nous prenons au pied de la lettre les mots : »*Hubert commença et Jean se chargea d'achever l'ouvrage*", il en résulterait, que Jean n'y a pris aucune part dans le principe; opinion qui, du tems de *van Mander*, était soutenue par plusieurs personnes dans les Pays-Bas (2). Mais si, au contraire, on écoutait la tradition, qui assure que les deux frères travaillaient ordinairement ensem-

---

(1) Cette première exposition a été faite avec solennité; dans une ancienne notice historique sur la famille *Borluut*, alliée à celle de Vyts, on trouve que la *consécration solennelle* de cette chapelle a eu lieu en 1432, date qui correspond parfaitement à celle de l'inscription. L'Eglise célèbre le 6 Mai la fête de *S. Jean, Porte-Latine.*

(2) C'était l'opinion générale, et la seule véritable d'après l'inscription ; le seul van Mander, par suite d'une opinion qu'il a émise le premier et *qui lui était particulière* (*), a égaré tous ceux qui l'ont aveuglement suivi.

(*) *Dan ick houde* dat syse t'samen aenghevangen hebben.

ble (1), on trouverait plus vraisemblable, avec *van Mander*, que Jean a concouru dès le principe à l'exécution du tableau; il est toutefois évidemment prouvé, que *Hubert doit être considéré comme le premier auteur, comme le maître principal de l'ouvrage*, et que, seulement après sa mort qui eut lieu le 18 Septembre 1426, son frère Jean en fut l'unique continuateur. Maintenant, les tableaux n'ayant été exposés qu'en Mai 1432, il est clair qu'il y a travaillé encore pendant six ans, avant de les mettre en place. Ainsi l'honneur d'avoir inventé l'ensemble de cette composition si vaste et si riche, et d'en avoir dessiné et esquissé les détails, appartient tout entier à Hubert; et ce n'est uniquement que sous le rapport de l'exécution que nous avons à examiner encore, quelles parties appartiennent à Hubert lui-même et quelles autres à son frère. Déjà dans notre ouvrage, lorsque nous n'avions vu que les trois panneaux du milieu (1, 2, 3), de la partie supérieure, et le tableau principal (n° 8) de la partie inférieure, nous avons émis l'opinion que la série supérieure nous paraissait avoir été peinte avant l'autre; depuis, après avoir vu les volets de l'une et de l'autre série (n°˙ 4, 5, 9,

(1) Cette tradition peut être vraie et ne pas contredire l'inscription; *frère et élève de Hubert*, Jean l'a sans doute souvent aidé, comme, par la suite, les maîtres les plus renommés se sont fait aider par leurs élèves. Mais, si on ne reconnait ici la main de Jean dans aucune des parties peintes par Hubert, n'est-il pas naturel de croire que celui-ci, à cause du jeune âge de son frère, ne le jugeait pas encore assez avancé pour travailler à une pièce de cette importance; ou, s'il y a mis la main, que ce n'était qu'en y conservant la manière de son maître? L'expression *Judoci Vyd prece fretus*, ne semble-t-elle pas exprimer la même opinion de la part de Jean lui-même et confirmer celle de Luc de Heere, indiquée dans ce vers: *Hy hadde 't werck begonst, alsoo hy was* GHEWENT; vers qui explique très-clairement que Hubert dirigeait tous les ouvrages en *maître*.

10, 11, 12), nous avons été pleinement confirmés dans cette idée. Le stile de la première en diffère évidemment; il a même, sur-tout par le fond doré des n°ˢ 1, 2, 3, un air plus antique que celui de l'autre série (1). Par cette raison et par celle que, sur les différentes tables de la série d'en haut, on ne remarque ni à l'intérieur ni à l'extérieur, aucune différence essentielle dans le faire, nous croyons que cette série toute entière a été peinte par Hubert. La série d'en bas en diffère visiblement, et plus encore par la touche et par le ton que par le stile. Seulement, dans quelques parties du tableau principal (n° 8) et dans le volet (n° 9) qui représente les guerriers du Christ, on trouve encore, en les examinant attentivement sous les deux rapports, une grande ressemblance avec la partie supérieure; nous sommes donc assez portés à attribuer encore ces parties à Hubert (2). Mais, dans la série d'en bas, tant à l'intérieur qu'à l'extérieur, tout paraît avoir été exécuté par Jean. Dans toutes les parties qui, selon nous, appartiennent à Hubert, la touche est telle qu'on ne peut guère suivre les mouvemens du pinceau; toutes les teintes et transitions des couleurs étant fondues avec le plus grand soin. La carnation est d'un

---

(1) Nous avons déjà énoncé la même opinion ailleurs.

(2) Nous n'osons pas croire que Hubert ait mis la main à une partie quelconque de la série inférieure; si on y trouve la même touche, cela peut ne provenir que de ce que Jean, ayant travaillé constamment sous les yeux de son maître, n'a abandonné que peu à peu la manière de peindre à laquelle Hubert l'avait habitué. Nous sommes même d'opinion que Hubert est mort avant d'avoir totalement achevé les N°ˢ 4 et 5 de la partie supérieure. Ce qui, entr'autres, nous le fait croire, c'est l'absence de fonds d'or, ou d'autres de convention, et d'inscriptions dans le corps des tableaux, comme on en remarque aux N°ˢ 1, 2, 3 et aux parties extérieures des N°ˢ 4, 5, 6 et 7; c'est cette absence qui caractérise le plus essentiellement la différence entre les ouvrages des deux frères.

ton chaud et naturel, tirant un peu sur le brun dans les ombres; elle est, avec peu de variété, la même dans toutes les figures. Les mains de même, quoiqu'elles ne soient ni incorrectes ni sans graces, se ressemblent toutes, comme si elles avaient été modelées sur un type commun. Dans la partie qui probablement est de Jean, les traits de pinceau ne sont pas fondus aussi insensiblement; souvent on les trouve tels qu'ils ont été appliqués du premier coup. Le ton des chairs a quelque chose de transparent; il est sur-tout varié, selon la différence individuelle des personnes. On remarque aussi, dans les formes des mains, que le peintre a suivi un autre type et s'est attaché davantage à individualiser.

Un point enveloppé jusqu'à présent d'une grande obscurité, a été celui de savoir: quel rapport a existé entre les deux frères en les comparant comme artistes; ce point pourra maintenant s'éclaircir avec quelque précision. L'invention de cette composition vaste et profondement méditée, démontre que Hubert a été doué, à un degré extraordinaire, d'un véritable génie créateur, d'un sentiment vif à saisir et d'une grande habilité à rendre la beauté idéale, sur-tout dans les caractères grandiôses, et à se créer un stile noble et pur dans l'ordonnance des draperies. Aussi, l'éloge pompeux que Jean fait de son frère, en le nommant *le plus grand peintre qui ait jamais existé*, et la modestie avec laquelle il se dit lui-même *le second de son art*, en ajoutant que ce n'est qu'en cédant à des instances, qu'il s'est déterminé à continuer l'ouvrage, nous persuadent-ils que ses expressions ont été dictées, moins par l'amour et le respect que Jean portait à son frère, que par le sentiment profond et sincère qu'il avait de la supériorité du talent de son maître. Si, comme ici autour des têtes du Père Eternel, de la Ste Vierge et de S. Jean-Bap-

tiste, Hubert a employé, en plusieurs occasions, le fond
doré selon l'usage antique, sa manière excellente de
rendre par la couleur l'or qui se trouve dans les vêtemens des choristes, aux nos 4 et 5, nous fait voir que
ce ne fut point par insuffisance de talent, mais pour se
conformer à un usage consacré depuis long-tems. En
général, sa manière de peindre se montre si supérieure,
ses couleurs sont d'une clarté et d'une fraîcheur si admirables, que nous ne pouvons douter qu'il n'eût exercé
déjà, dans la plus grande perfection, la nouvelle méthode de peindre à l'huile. De plus, la perspective de
la chambre, la petite vue par la fenêtre ouverte, traitées
l'une et l'autre de main de maître dans le tableau de
l'Annonciation, et les paysages avec leur lointain moël-
leux sur les volets des *milites* du Christ, prouvent jusqu'à l'évidence, qu'il connaissait parfaitement la perspective linéaire et que les effets de la perspective
aërienne ne lui étaient pas non plus inconnus. Enfin,
on remarque dans toutes les parties peintes par lui,
qu'il a observé, d'une manière aussi fine que bien en-
tendue, les reflets et les ombres portées, non-seulement
dans les détails de la composition, mais même en grand
sur le tableau de l'Annonciation.

Dans la partie que nous croyons être de la main de
Jean, on trouve ces mêmes qualités dans une perfection à-peu-près semblable; au ton local de la carnation
et à la couche plus libre des couleurs, on s'aperçoit
même d'un progrès sensible. Nous voyons par tout
ceci, l'injustice qu'il y a eu jusqu'à présent, à ne
nommer que Jean van Eyck comme l'inventeur de la
peinture à l'huile et des autres perfectionnemens que
l'art a reçus à cette époque; tandis que c'est évidemment à Hubert qu'on est redevable de toutes ces
améliorations, et que Jean doit être considéré plutôt

comme son heureux et digne élève, qui a eu le mérite d'avancer et de perfectionner la culture du nouvel art que son frère lui avait transmis en plein développement. Mais comment cet honneur a-t-il pu, si long-tems, être attribué à Jean seul, sans qu'il fût à peine fait mention de Hubert? Nous croyons pouvoir l'expliquer ainsi: tant que les frères van Eyck ont vécu tous les deux, ils paraissent avoir tenu leurs inventions très-secrètes; du moins, la tradition la plus ancienne, celle qui se lit dans Vasari, dit que Jean n'avait communiqué son secret de peindre à l'huile à Roger de Bruges et à Antonello de Messine, que lorsqu'il était déjà avancé en âge. Or, Jean ayant vécu long-tems encore après son frère, le secret n'a pu se répandre que long-tems après la mort de celui-ci (1); ensuite, Roger et Antonello l'ont propagé uniquement sous le nom de Jean à qui ils en étaient redevables, et sans aucune mention de Hubert mort depuis long-tems, et ils ont été ainsi la cause que la tradition erronée qui indique Jean comme le seul auteur de la découverte, a pu prendre racine à une époque déjà si ancienne et passer pour vraie jusqu'à nos jours (2).

Nous revenons encore à notre inscription. Dans le troisième vers, il est dit: que Jean van Eyck avait été engagé, par les prières de *Judocus Vyd*, à continuer cet ouvrage. Maintenant, qui est ce Judocus Vyd, et quelles relations avait-il avec les van Eyck? Pour ré-

_____

(1) Nous avons déjà réfuté cette opinion dans la notice sur Antonello, insérée dans le *Messager du mois d'Août* 1824.

(2) Nous devons attribuer cette tradition erronée à Antonello seul; revenu en Italie, où cet art n'était pas encore connu, il l'aura propagé, comme M. Waagen l'observe très-bien, uniquement comme le tenant de Jean à qui il en était redevable; et cette tradition, recueillie par Vasari, a induit en erreur tous les autres biographes.

soudre ces questions, nous transcrirons d'abord un passage de *la Flandria illustrata* de Sanderus, qui nous a mis sur la voie pour découvrir la vérité. En donnant la description de l'église de S. Bavon, il dit : » *Picturae etiam variae a celebrioribus Belgii penicillis ; una prae omnibus micat , velut inter ignes luna minores. Triumphus agni coelestis est, quem Joannes et Hubertus ab Eyck, pictorum coryphaei, Justo Vitio, domino de Pamele, patricio Gandavensi , pretium solvente, elaborarunt* (1). *De hac imagine Vrientius illud epigramma scripsit :*

> *Quos Deus ob vitium paradiso exegit, Apelles*
> *Eyckius, hos Vitii reddidit aere patres.*
> *Arte, modoque pari pariter concurrere visi,*
> *Æmulus hinc pictor, fictor et inde Deus.*

tam vivis ea coloribus primos humani generis parentes exhibet." Cette épigramme, quoiqu'elle ne se rapporte qu'aux figures d'Adam et Eve, affirme de même, que ces tableaux ont été peints aux frais de Vitius.

En examinant la liste chronologique que Sanderus donne des chefs de la magistrature de Gand, nous avons eu le bonheur d'y trouver, sous l'année 1433, le nom de *Judocus Vyts*. Ce nom, à l'insignifiante différence près de *d* et *ts*, s'accorde parfaitement avec notre inscription, et le tems coïncide aussi, de bien près, avec l'année où le tableau a été achevé (1432); il n'est donc plus guère permis de douter que le nom de *Justus Vitius* ne soit la version latine du nom flamand *Judocus Vyts;* de

_____

(1) Traduction: »Cette église contient différens tableaux des maîtres les plus renommés de la Belgique; un sur-tout, dans le nombre, brille comme la lune parmi les étoiles; c'est le triomphe de l'agneau; il est exécuté par Jean et Hubert van Eyck , coryphées de nos peintres; ils en ont reçu le payement de Justus Vitius, seigneur de Pamele, patricien de Gand.

sorte que notre inscription et la notice rapportée par Sanderus, s'expliquent et se confirment mutuellement, à-peu-près comme une opération arithmétique et sa preuve. Comme, en outre, Sanderus, parmi les sources où il a puisé son histoire de Gand, cite aussi une chronique de S. Bavon, et que c'est de là sans doute qu'il a tiré les notices concernant cette église (1), nous ne devons plus hésiter à reconnaître ce Judocus Vyts comme le véritable donateur du tableau et non pas Philippe-le-Bon, duc de Bourgogne, comme on le dit dans la tradition de *van Mander,* qui déjà nous a paru très-suspecte par la raison que le portrait du Duc ne se trouve nulle part dans le tableau. D'autres notices, et nommément la liste des familles nobles de Gand, par Sanderus, nous prouvent que celle des seigneurs de Pamele, dont les *Vyts* paraissent avoir été une branche, était au nombre des plus distinguées de la Flandre (2); de sorte qu'un de ses membres pouvait très-bien avoir assez de fortune pour faire exécuter un pareil ouvrage.

Les inscriptions au bas des quatre panneaux, et les rapports constatés entre Josse Vyts et les frères van Eyck, nous obligent à convenir ici que nous nous

---

(1) L'auteur de la notice semble confondre l'ancienne église de S. Bavon, dont il est fait mention dans cette chronique écrite long-tems avant le siècle des van Eyck, avec celle de S. Jean où se trouvent les tableaux de ces peintres. La première appartenait à l'abbaye de ce nom, et fut démolie en 1540 pour construire la citadelle; cette abbaye ayant été sécularisée et étant devenue collégiale, le chapitre fut établi dans l'église de S. Jean, qui devint ensuite cathédrale et reçut le nom de S. Bavon.

(2) Nous omettons ici une partie du texte, où l'auteur a confondu la famille du donateur, seigneur de Pamele, au pays d'Alost, avec celle des seigneurs de Pamele, lez-Audenarde; erreur que, dans une autre occasion, nous n'avons évitée nous-mêmes que par de grandes recherches.

étions trompé lorsque, après la découverte du premier
vers, nous avons cru que les figures de l'extérieur des
tables n° 9 et 10, représentaient Hubert et Marguerite
van Eyck. D'abord, il serait peut-être sans exemple
que, dans ce tems-là, le donateur d'un si grand et si
dispendieux ouvrage, exécuté par les artistes les plus
fameux de son pays, n'eût pas eu soin de s'y faire représenter lui-même; ensuite, quiconque est tant soit
peu familier avec les tableaux de ce genre, dira d'abord,
même sans avoir lu aucune notice historique sur celui-
ci, que les deux figures ne peuvent être que les portraits
des donateurs. L'inscription, dans son ensemble, n'est
nullement contraire à cette explication; c'est simplement
une épigraphe comme les peintres du tems en mettaient
ordinairement sur leurs ouvrages; elle n'a pour but que
de faire connaître les auteurs et le donateur de l'ouvrage
et le tems où il a été achevé; c'est le hazard seul qui a
voulu que le vers dans lequel il est fait une mention si
honorable de Hubert van Eyck, se trouvât précisement
placé sous la figure d'homme que nous avons d'abord
prise pour la sienne. Une considération qui achève de
nous convaincre que ce n'est point Hubert, c'est la dis-
semblance totale entre les traits de la figure et ceux du
juste juge, du côté intérieur du n° 10, dont la tête,
d'après l'ancienne tradition, a toujours passé pour être
son portrait; et cette tradition mérite d'autant plus de foi
qu'on la trouve généralement accréditée dès l'an 1572 (1)

_____

(1) C'est dans ce tems qu'a paru la collection des portraits d'artistes avec les vers de Lampsonius. Parmi ces gravures, les portraits
des frères van Eyck sont copiés d'après les deux têtes du tableau, que nous avons déjà décrites. Ce qui nous paraît appuyer
encore la véracité de cette tradition, c'est que la figure qui doit
représenter Jean van Eyck, est tournée fort singulièrement; c'est
comme s'il se peignait lui-même dans une glace; et cette position,

Ainsi, nous pouvons regarder comme avéré que les deux personnes à genoux, sont le donateur et son épouse (1): les mêmes qui ordonnèrent l'ouvrage pour l'une des chapelles de la cathédrale de Gand (2); cette chapelle, consacrée à S. Jean, reçut plus tard, la dénomination d'Adam et Eve dont les figures sont représentées dans le tableau.

Mais, tout en nous réjouissant du nouveau jour que les inscriptions qu'on vient de découvrir et de déchiffrer, répand sur l'ouvrage et les personnes de nos peintres, nous ne pouvons nous défendre d'une certaine indignation de voir que les frères van Eyck, après avoir tant fait pour le progrès de l'art de la peinture et l'avoir tant enrichi par leurs propres productions, aient pu, dans leur patrie même, tomber dans un oubli si total, dans une non-considération si com-

---

par laquelle la figure nous frappe, n'est pas autrement motivée dans le tableau. Tous nos doutes à ce sujet seraient éclaircis, si l'on parvenait à retrouver les portraits des deux frères, qui ont existé autrefois dans la galerie du Duc d'Orléans, mais dont on n'a plus de traces; ou un autre portrait de Jean van Eyck, qui a appartenu à la collection de l'académie de Bruges et qui en a été soustrait; il faisait pendant au portrait de la femme de Jean (*), qui doit s'y trouver encore.   (*Note de M. Waagen.*)

(1) Isabelle Borluut, fille de Jérôme, premier échevin de Gand.

(2) C'était la chapelle de la famille Borluut; les armoiries de Vyts et de Borluut étaient figurées autrefois dans les vitraux (**) et se voient encore sur la clôture de la chapelle; celles de Vyts sont sculptées dans la clef de la voûte, ce qui peut faire supposer qu'elle a été construite à ses frais.

(*) Ce portrait a été donné à l'académie de Bruges, il y a quelques années, par M. van Lede, amateur de la même ville; celui de Jean n'a jamais fait partie de cette collection; on dit qu'antérieurement, ces deux portraits étaient exposés dans l'église de S. Donat, et que celui de Jean a été vendu à un étranger par la même personne qui vendit l'autre à M. van Lede.

(**) VYTS porte: *d'or à deux faces échiquetées, d'azur et d'argent, de deux traits.* BORLUUT: *d'azur, à trois cerfs courants, d'or.*

D.D.PET.ᵗˢ VAN LEDE.1808.

plète de leur mérite, qu'on n'a pas craint de couvrir
ces inscriptions de couleur, même de les détruire en
partie. Nous ignorons dans quel tems on a commis
cette barbarie ; mais de ce que, du tems de *van Mander,* la tradition erronée sur le donateur du tableau
était déjà en vogue, on doit conclure que ce dégât a
eu lieu à une époque ancienne (1).

Nous ajouterons quelques mots sur la copie que Philippe II. a fait faire de ce tableau par *Michel Cocxie,*
et qui a long-tems orné la chapelle du vieux palais, à
Madrid. De nos jours, cette copie a été rapportée en
Belgique, probablement comme butin d'un général
français (2) ; elle était à vendre à Bruxelles (3) pendant les dernières années, à l'exception des tables 1,
2, 3, qui en avaient déjà été séparées à une époque
antérieure. Cette copie se trouve maintenant en trois
endroits différens : les tables 2 et 3, représentant la
Sainte Vierge et S. Jean, font partie, depuis l'année
1823 (4), de la galerie du Roi de Bavière, à *Schleis-*

---

(1) M. W. semble oublier par quel bonheur extraordinaire le
clergé et les gantois ont sû conserver, sinon l'inscription, du moins,
ce qui est mieux, les tableaux mêmes, lorsque ceux qui étaient à
la tête de la *reforme* du XVIme siècle, proscrivaient le culte des
images, et que de factieux sectaires français et allemands, ont
présidé à leur destruction ; quoique nous vivions à une époque
où de pareils excès sont condamnés par tous ceux qui professent
la *reforme*, il peut néanmoins nous être permis de rappeler ici
ce fait, quand on accuse si injustement nos ancêtres. — A la fin
de cette description, nous démontrerons que, dans leur patrie,
les frères van Eyck ne sont pas tombés *dans l'oubli, ni leur mérite dans la non-considération,* comme l'auteur de la notice semble le croire, et que, malgré les erreurs de van Mander, la tradition s'y est conservée que Vyts était le donateur du tableau.

(2) Elle a été envoyée en Belgique par le général Belliard.

(3) Chez M. Dansaert-Engels et ensuite chez M. Nuens-Latour.

(4) Elles étaient déjà à Munich avant l'année 1820.

heim. Les tables n° 1, Dieu le Père, et n° 8, l'Agneau, ont été achetées par ordre de S. M. le Roi de
Prusse, et réunies aux six volets originaux n°s 4, 5,
9, 10, 11 et 12; et les copies de ces mêmes six volets
ont été acquises, l'année passée (1823), par S. A. R.
le Prince d'Orange. Quant aux volets n°s 6 et 7, que,
sans nul doute, Cocxie a également copiés, on ignore
pour le moment où ils se trouvent. Sur le tableau principal, n° 8, on lit, au bord inférieur de la fontaine:
Michael Cocxie me fecit anno 1555 (1). L'inspection
la plus attentive de ce tableau, nous a convaincu que
les deux panneaux n°s 2 et 5, à Schleisheim, sont très-
vraisemblablement de la main de ce peintre, et notre
conviction a été pleinement confirmée par leur comparaison avec la table n° 1, qui nous est arrivée un peu
plus tard. Ainsi, lorsque, nous avons prétendu que les
copies de Schleisheim n'étaient pas de Cocxie, mais de
son tems seulement, c'est que nous n'avions pas encore
vu d'ouvrages historiquement avérés de ce peintre, et
que des renseignemens erronés nous avaient fait croire
que M. Aders, de Londres, possédait toutes les copies
qui étaient de lui.

La comparaison immédiate que nous pouvons faire
maintenant à Berlin, des copies de Cocxie avec les tableaux originaux, offre le plus grand intérêt: Cocxie,
ayant beaucoup peint à fresque pendant son séjour en
Italie, et plus habitué à travailler en grand, a dû réussir
incomparablement mieux dans les figures de grandeur

---

(1) Dans une lettre de M. Dansaert-Engels, du 11 Septembre 1817, on lit: *Michaël de Cocxie me fecit anno* 1558. Est-
ce lui qui s'est trompé dans la date? *Vaernewyck* rapporte que
Cocxie peignit ces tableaux en 1559, ce qui peut faire présumer
que la date inscrite dans le tableau, ne se rapporte qu'à cette
seule pièce.

naturelle, de la partie supérieure de notre tableau, que dans les figures beaucoup plus petites de la partie d'en bas. Les premières ne perdent donc à être comparées avec les figures originales que pour l'exécution des détails et le ton local des chairs; du reste, elles sont fidèles (1), d'un faire excellent, d'un coloris chaud et brillant. Entr'autres, le vêtement rouge du Père Eternel, égale presque l'original par l'éclat et la fraîcheur de la couleur; les pierreries et les perles dont il est orné, quoique traitées d'une manière plus large que chez les van Eyck (2), sont également peintes de main de maître. Dans la série inférieure, au contraire, la différence des figures d'avec celles de l'original est notable et frappante. Ces figures ne sont pas, à beaucoup près, peintes avec cet esprit qui se manifeste par la finesse des expressions, par les nuances délicates du coloris et par la netteté générale de l'exécution. Le paysage, quoiqu'il soit exécuté avec plus de soin et qu'il ait mieux réussi que les figures, est inférieur de beaucoup à l'original pour la clarté et la vérité des tons. Au demeurant, ces copies de Cocxie nous donnent une échelle importante pour apprécier le degré de perfection de l'art des van Eyck. Michel Cocxie était un artiste qui, à la manière excellente de peindre, alors en usage dans les Pays-Bas, réunissait une étude approfondie des ouvrages de Raphaël; très-peu d'autres peintres sont parvenus comme lui à se pénétrer du génie de ce grand maître; et, néanmoins, une distance frappante sépare ces copies de l'original, peint 120 années avant.

(1) En comparant les originaux avec les copies qui nous sont connues, on s'aperçoit cependant, que Cocxie y a fait des changemens.
(2) Dans les originaux, les pierreries et les perles, des Nos 1, 2 et 3, sont aussi traitées d'une manière plus large que dans les autres panneaux; manière qui paraît être particulière à Hubert, et qui est une des causes qui nous font supposer que Jean a terminé les nos 4 et 5.

Les véritables copies de Coexie nous étant bien connues, il faut croire que celles de l'ouvrage entier, que
possède M. Aders, à Londres, sont d'un autre artiste,
et que le propriétaire est dans l'erreur (1) en les croyant
celles de Coexie, qui sont historiquement connues. Il
est remarquable que, dans les copies de M. Aders,
toujours les représentations de deux volets de l'original,
comme 5 et 7, 4 et 6, 9 et 10, 11 et 12, sont peintes ensemble sur une même table (2).

En terminant cette notice, nous sommes charmés
de pouvoir assurer qu'en Belgique il commence aussi
à s'éveiller un intérêt plus vif pour les van Eyck et
leur école. Nous attendons sous peu, comme premier
fruit de cet intérêt, quelques notes intéressantes que
M. de Bast se propose de publier, sur le tableau de
Gand et l'école de ces deux peintres, dans un journal
littéraire qui paraît dans cette ville. Nous brulons d'apprendre jusqu'à quel point les recherches, faites sur
les lieux, auront confirmé les résultats obtenus par
nous, ou en auront produit de nouveaux ou d'inconnus jusqu'à ce jour. En attendant, nous espérons, que
M. D. B. lira avec plaisir la présente notice, par laquelle, nous croyons avoir contribué d'une manière
assez intéressante aux recherches qui l'occupent.

---

(1) M. Aders n'ignorait pas que les copies de Coexie, qui avaient
été en Espagne, se trouvaient, en partie, à Bruxelles, à l'époque
même où il fit l'acquisition de celles qui sont en sa possession;
mais il se pourrait que M. Aders ait cru que ces copies étaient
aussi de ce peintre; d'autant plus qu'elles ne doivent, sous aucun
rapport, le céder à celles qui avaient été faites pour Philippe II.
La Vierge est d'une exécution si parfaite, quelle a excité à un haut
degré l'admiration de Flaxman, célèbre statuaire de Londres.
(2) Cette copie est peinte sur toile.

Série inférieure de la grande composition peinte, pour l'église de St. Jean à Gand, par Jean van Eyck.

LE tems nécessaire pour prendre les dessins, ensuite le travail du graveur, nous ont empêchés de joindre la gravure de ce tableau à la description, que M. Waagen nous a donné, de cette vaste composition.

Le sujet du milieu est dessiné d'après l'original qui se trouve à Gand, et les volets le sont, d'après les copies de Cocxie, qui font partie de la collection de S. A. R. le Prince d'Orange (1).

Les quatre panneaux qui composent les volets de la copie de Cocxie, étant enchâssés isolément dans des cadres, nous avons dû les placer suivant la description de M. Waagen, qui, par la découverte des inscriptions, a su leur assigner leur véritable place; cependant nous nous rappelons que dans les copies qui appartiennent à M. Aders, les ermites suivent les pélerins, de manière que ces derniers se trouvent sur le panneau le plus rapproché du tableau principal, tandis que dans les originaux et dans notre gravure ce sont les ermites qui occupent cette place; les volets de la copie de M. Aders étant peints sur un même châssis, nous ne savons à quoi attribuer cette différence de disposition, entre les copies et les originaux.

Cette grande et belle composition, dont M. Waagen donne une si brillante description, fut conservée à Gand, pendant près de quatre siècles, avec un soin dont on

---

(1) Cette collection vient d'être augmentée de deux superbes tableaux de Memling, provenant de l'abbaye de St. Omer; ils sont cités dans le voyage pittoresque de Descamps.

4

trouve peu d'exemples dans les fastes de l'histoire de
la peinture. Ce n'était que les jours solennisés par
l'église, que le public, avide d'admirer ce chef-
d'œuvre, avait la faculté d'y jeter un regard; la foule
était chaque fois si prodigieuse, que van Mander la
compare à un essaim d'abeilles autour d'une corbeille
de fruits. Les autres jours, les volets ne s'ouvraient
qu'avec cérémonie et sur la demande expresse des artistes ou de quelque personnage distingué.

Cette production avait beaucoup souffert par la maladresse de quelques anciens peintres qui s'étaient avisés
de la nettoyer; ceux-là même, peut-être, qui ont fait
disparaître la composition qui était peinte sur le pied
de l'autel (1). Lancelot Blondeel, de Bruges, et Jean
Schoreel, d'Utrecht, furent appelés en 1550, pour la
restaurer; ils commencèrent ce travail, le 15 Septembre, avec tant de zèle et de succès que les chanoines
de S. Bavon, au-delà du prix consenti, leur firent de
beaux présens: Schoreel reçut entr'autres une belle
coupe en argent (2) On remarque, en effet, dans le
tableau de l'Agneau, quelques parties qui paraissent
effacées, sur-tout dans le gazon du panneau où est re-

(1) Item een helle heeft den voet van deser tafel gheweest,
door den zelven meester Joannes van Eyck van waterverwe geschildert, die welcke sommighe slechte schilders (soo men seght)
haer hebben bestaen te wasschen oft zuyveren, en hebben dat
miraculeus constich werk, met hun calvers handen wtgevaecht.
Historie van Belgis.

(2) Meester Lanchelot van Brugge, en meester Jan Schoore ca-
nonic van Utrecht ooc treffelycke schilders, zyn te Ghendt geco-
men, ende begonden dees tafel te wasschen, anno xv hondert
vyftich, den vyfthiensten Septembris, met sulcker liefden, dat
sy dat constich werck in veel plaetsen gecust hebben, waeromme
henlieden die heeren va S. Baefs, voor een gratuiteyt elck een
geschinck gedaen hebben; als meester Jan Schoore eenen zilvere
cop daar ik te Utrecht t'synen huyse wt gedronken hebbe. *Idem.*

présenté l'Agneau, ce qui peut nous faire supposer que
Schoreel et Lancelot (1) ont opéré avec beaucoup de
ménagemens; quelques retouches peu soignées, qu'on
y remarque, nous engagent à croire que, plus tard,
d'autres peintres se sont avisés encore d'y toucher.

Philippe II convoita la possession du tableau, mais
les chanoines refusèrent d'accéder à ses désirs; ils lui
permirent seulement d'en faire prendre une copie, sous
la condition qu'aucune pièce ne serait déplacée et que
le peintre (Michel Cocxie) travaillerait dans l'église
même. En 1566, lors du commencement des dissentions
religieuses, ce tableau fut un des premiers objets sous-
traits aux fureurs des Iconoclastes, hommes exaltés et
soulevés par esprit de fanatisme contre tout ce qui
représentait des sujets ascétiques qui avaient rapport
au culte de l'église de Rome; ces dévastations ont fait
perdre à la Flandre le plus grand nombre des intéressantes productions de son ancienne école de peinture (2), dont l'histoire est encore couverte d'un voile

---

(1) On conserve à Bruges, dans l'église de S. Sauveur, un tableau de ce maitre; il est marqué du millésime 1545 et du monogramme ᴵᴬB

(2) C'est a cette époque que furent détruits les ouvrages de
Gérard van der Meere et de Josse de Gand, peut-être aussi celui
d'Antonello, qu'une tradition appuyée sur un ancien manuscrit,
nous dit avoir existé dans cette église, et ceux d'autres peintres
dont il nous reste à peine le nom. Un grand et beau tableau à
deux battans, de Gérard van der Meere, représentant: *Le Christ
entre les deux larrons,* et un autre de Josse de Gand, conservé
dans la collection de M. d'Huyvetter, sont les seuls ouvrages que
nous possédons à Gand des élèves de Hubert van Eyck. Celui de
Josse de Gand représente l'*Invention de la Croix;* pour donner
une idée de cette composition, nous en joignons ici la gravure.

que la vérité commence enfin à soulever. Quand on
connaît les événemens malheureux qui eurent lieu au
XVIᵐᵉ siècle, et de quels excès les guerres de religion
ont été cause dans tous les pays et dans tous les tems,
on concevra facilement comment ceux qui avaient exposé leur repos, leur vie même, pour la conservation
de nos plus beaux monumens, n'ont pas pu empêcher
que quelque employé subalterne n'en ait laissé effacer
l'inscription, dans le tems où ces tableaux furent replacés
par l'ordre exprès d'une autorité supérieure, en l'absence des premiers dignitaires de l'église et au moment
où l'ordre n'était rétabli que par la force; et l'on concevra, dis-je, comment, tout en prenant un soin respec-
tueux pour la peinture, il a fait peu de cas des lettres
tracées sur le cadre, qu'il savait ne contenir que ce
que tout le monde connaissait; ajoutez à cela la con-
sternation et l'apathie qui régnèrent encore, long-tems
après, parmi les habitans d'une ville plus qu'à demi
dépeuplée et où tant d'excès avaient été commis; ajoutez encore le bannissement des personnes les plus no-
tables, seules capables d'apprécier toute l'importance
de l'enlèvement de cette inscription, et la mort de plusieurs de nos plus zélés amateurs, tels que : Luc de Heere,
Marc van Vaernewyck, etc. Il n'en est pas moins vrai
que les écrivains Gantois ont conservé la tradition du
contenu de l'inscription; car ce n'est que par l'ouvrage
de van Mander, qui ne devint commun dans la Flandre
que long-tems après sa publication, et ensuite par celui
de son commentateur, Descamps, qu'ont été répandues
les fausses notions qui, accueillies sur-tout chez l'étranger, ont, en quelque sorte, reflué jusque parmi nous,
sans cependant que l'on se soit laissé généralement
entraîner par les erreurs débitées avec tant d'assurance

par l'un et l'autre de ces écrivains. Car sans parler ici de Sanderus, ni de Vrientius, nous avons à citer deux auteurs contemporains, dont les écrits ont paru avant que nous ayons eu connaissance du texte de l'inscription : feu M. Hellin, qui se garde bien de dire que le tableau fut ordonné par Philippe de Bourgogne et d'attribuer à Jean seul l'invention de la peinture à l'huile (1); et M. P. F. de Goesin-Verbaeghe, qui, dans sa *Description de l'église de S. Bavon*, (publiée en 1819), continue à accorder à Josse Vydt l'honneur d'avoir ordonné ce chef-d'œuvre.

L'invention et le *perfectionnement* de la peinture à l'huile, ou pour mieux dire, *l'application* de cette méthode aux tableaux *proprement* dits, avec ce succès complet qui l'a fait adopter par les artistes de toutes les écoles, doivent être attribués à l'aîné des frères. Mais, quoique Hubert ait exercé la peinture à l'huile dans un tems où son frère était avec lui à Gand (2), et

---

(1) Cette pièce très-renommée, fut faite en 1426, par *Hubert* van Eyck et *Jean* son frère, *inventeurs* de la peinture à l'huile. La copie se conserve *très-soigneusement* à la maison-de-ville de Gand. *(Hellin, Hist. du chap. de S. Bavon.* Gand, 1772.)

(2) Un auteur contemporain de Vaernewyck et de Luc de Heere (*), rapporte que déjà dès l'année 1410, les van Eyck fleurirent à Gand et y exercèrent la peinture. Le séjour de cette famille dans la capitale de la Flandre, pendant un certain nombre d'années, se confirme encore par le décès de *Marguerite van Eyck*, enterrée également dans l'église de S. Bavon, d'après ce passage des vers de Luc de Heere, le seul qui ait rapporté ce fait et auquel, jusqu'ici, on a fait peu d'attention :

Hy rust begraven hier, (*Hubert*) DE SUSTER HEM ONTRENT,
Die met haer schilderye oock, menich heeft verwondert.

Aucun document n'autorise donc à croire, comme plusieurs auteurs postérieurs à Luc de Heere l'ont avancé, que Hubert et Marguerite van Eyck aient jamais séjournée dans la ville de Bruges.

(*) » 1410, hâc tempestate floruerunt Gandavi Joannes Eickius cum Huberto, fratre suo majore natu, summi pictores."
P. Opmeero, opus chron. fol. 405. ed. Antv. 1611.

très-jeune encore (1), les arts ne doivent pas moins de reconnaissance à Jean, qui sut agrandir le domaine de la peinture en faisant disparaître du milieu de ses compositions, ces inscriptions et ces légendes inscrites avec tant de profusion dans les ouvrages des peintres antérieurs et même postérieurs à lui, et qui sut abandonner l'uniformité des fonds d'or ou des tapisseries brodées, pour les remplacer par des édifices somptueux ou de riches paysages.

---

(1) Beaucoup de faits peu approfondis et avancés par des savans et des érudits d'une réputation en quelque sorte européenne, ont fortement contribué à embrouiller de plus en plus les notions que nous avions sur la vie et les ouvrages des van Eyck. C'est ainsi que Montfaucon nous rapporte que Jean de Bruges (J. van Eyck) peignit les miniatures d'une Bible pour Charles V, roi de France. Cette erreur vient d'une inscription qui se trouve sur un ancien manuscrit. Voici comment l'abbé Rive, auteur très-versé dans cette partie, s'exprime sur ce document dans *La chasse aux bibliographes et antiquaires mal advisés* (tom. Ier part. 1ere page 156). » Le père le Long nous parle (tom. I. page 316) » d'une Bible *Ystoriaux*, manuscrite et ornée de miniatures, qui » avait jadis appartenu à un avocat de Paris, nommé Bluet, en » 1667. Il rapporte que ce MS. passa du cabinet de cet avocat entre » les mains des Jésuites du collège de la Flèche et que ceux-ci en » firent présent à Nic. Jos. Faucault, conseiller d'état. Il y a ap- » parence, continue l'abbé Rive, que ce qui détermina ces per- » sonnages à ce beau présent, ce fut l'enthousiasme qu'ils conçurent » à la vue de l'inscription en lettres d'or qu'on lisait en prose » latine sur un des premiers feuillets de cette Bible et que l'auteur » du catalogue de Gaignat, nous rapporte; cet enthousiasme naquit » des merveilles que cette inscription présentait à des yeux peu » clairvoyans. Ces merveilles étaient celles-ci : *Cette Bible a été* » *peinte par ordre de Charles V, roi de France, et le peintre qui* » *en a exécuté les miniatures est Jean de Bruges (Jean van* » *Eyck), peintre du roi."*
» Il y avait encore au bas de cette inscription une pièce de 22 vers » français; mais le père le Long et l'auteur de la bibliographie » qui l'ont rapportée, comme des gens qui n'ont des yeux que pour

Les honneurs rendus à Hubert van Eyck, lors de
son décès, sont encore une preuve de la haute estime

» copier, ne se sont pas aperçus qu'elle contient sept vers qui con-
» trarient entièrement ce que porte l'inscription qui est au-dessus."

> Bible d'Ystoires si garnie
> Dune main pour traites et faites
> Pour lesquelles il en a faites
> Plusieurs allees et venues
> Soir et matin parmy les rues
> Et mainte pluije sur son chief
> A jusquil en soit venu a chief.

» Voilà un plaisant peintre du roi, qui s'en va mesquinement
» dans les rues, en dépit du mauvais tems et des pluies, gagner
» sa journée comme un misérable manouvrier, chez celui qui lui
» faisait peindre cette Bible (ce qui certes ne peut s'appliquer au
» célèbre van Eyck) et qui dans le huitième de ces vers, prend
» le nom de *Jehan Vaudetar, servant du roi.* (au lieu de *Charles V*).

» Il n'y a donc aucun lieu de douter que l'inscription en prose
» latine et en lettres d'or qui le précède ne soit apocryphe."

Nous rapportons cette réfutation de l'abbé Rive, non-seulement
pour démontrer que Jean van Eyck n'a eu aucune part à l'exécution de ce manuscrit, car l'impossibilité en est reconnue aujour-
d'hui, mais encore pour faire connaître qu'il n'a pas été fait par
ordre de Charles V, et que rien n'indique que ce soit un Jean de
Bruges quelconque, peintre du roi, ou non, qui en ait fait les miniatures; que ce n'est que l'inscription apocryphe qui en fait mention et que le peintre n'est pas nommé dans les 22 vers français
qui font allusion à l'auteur de ces peintures.

Plusieurs écrivains modernes ont été induits en erreur, en s'appuyant sur l'autorité de ce manuscrit; parmi eux nous citerons
M. Alex. Lenoir, conservateur du Musée des monumens français,
qui, malgré l'étude particulière qu'il a faite de l'histoire de
l'art, n'a pu se mettre à l'abri de ce prochronisme (*Histoire
des arts en France, pag.* 8 *et* 9, *I. vol. in-*8°). En parlant
des ouvrages de M. Lenoir, qui tous sont d'un grand intérêt,
nous ne pouvons passer sous silence la faute impardonnable de
nous avoir donné, dans son recueil de portraits inédits, la gravure de celui de *Jean-sans-peur*, décoré du collier de la toison

qu'on avait à Gand pour le talent et les connaissances de ce peintre; il y reçut les honneurs de la sépulture dans la chapelle même que la noble famille des Vyts s'était fait ériger à grands frais (1), et le bras de

---

d'or, tandis que cet auteur lui-même nous dit (page 94 du même ouvrage), que cet ordre a été institué en 1429, par *Philippe-le-bon*, c'est-à-dire, dix ans après la mort de *Jean-sans-peur*, son père. Si nous devons en juger par la gravure, il y a grande apparence que ces deux portraits représentent le même personnage (Philippe-le-bon), dans un âge différent.

(1) M. Hye-Schoutheer a découvert récemment dans les archives de la ville, un acte de l'année 1475, par lequel les héritiers d'Isabelle Borluut cèdent à perpétuité à la Chambre de Rhétorique, connue sous le nom de S. Agnès ou de *Bomlooze-mande*, l'usage de cette chapelle fondée, y est-il dit, par *Josse Vydt* et son épouse *Isabelle Borluut*. Les héritiers s'y réservent l'entrée et le droit de sépulture et celui d'y faire célébrer la messe; il y est aussi stipulé que la confrérie doit conserver dans les vitraux les armoiries des fondateurs et la défense d'en ajouter d'autres. Cet acte est encore remarquable par le passage où il est dit : *qu'ils cèdent l'usage de la chapelle fondée dans la crypte de l'église de S. Jean à Gand, située sous la* CHAPELLE ET LE TABLEAU DE JOOS VYTS. Suit le texte de cet acte, *extrait du registre LL. déposé au Greffe du Magistrat de la Keure de la ville de Gand, fol. 87.*

» Wy Simon *Borluut* fs. Simoens over my zelven ende over die
» my ancleven, als hoyr ende een derde stake by successien van
» wylent joncvrauwe Lisbette *Borluuts* in haren levene wettelicke
» gheselnede van Joose *Vydt* van goeder ghedynckenesse, Simon
» *Borluut* filius Baudins over my zelven, ende vervaende die my
» ancleven hoyr ende een ander stake, ende Lieven *Sersymoens*
» filius pieters over my zelven ende vervanghende die my meer
» ancleven als hoyr ende een derde stake van der voornoemde
» joncvrauwe Lisbette *Borluuts* ende dat ter causen van wylen
» joncvrauwe.... *Borluuts* myne joncvrauwe groote in haren levene
» wettelicke gheselnede van Janne *Sersimoens* mynen grootheere
» was, de voorseide drye stacken hoyrs zynde ende de gheheele
» cause ende actie hebbende vander voornomder joncvrauwe Lisbette Joos *Vyts* wettelicke gheselnede, doen te weten allen den
» ghone die deze presente lettren zullen sien ofte hooren lesen,

ce peintre, exposé à la vénération du public, pendant plus d'un siècle, à l'entrée du temple qui contenait les restes mortels de ce grand maître, est une distinction qui surpasse tout ce qu'on a fait pour les artistes qui l'ont précédé et qui l'ont suivi dans le courant de ce siècle.

————————————

» dat naer de neerenste bede ende versoucke ons ende diere meer
» ancleven ghedaen by deken ende proviserers van den gulde ende
» ghestelscepe van den helegher maecht ende martiresse sente
» Agneete omme te hebbene ende ghebrueckene perpetuelick ons-
» lieder recht van der cappelle ghefundeert in den crocht van
» Sente Jans keercke te Ghendt over *de cappelle ende tafele ghe-*
» *heeten Joos Vyts,* ende van welcken rechten van der voorseyde
» cappelle wy by successien van hoyrien ghelyc voorseit es, de
» gheheele cause ende actie hebben ende overmids dat de voor-
» nomde Joos *Vyts* ende joncvrauwe Lysbette *Borluuts* fundateurs
» waren van der zelver cappelle ende inde voorseide cappelle te
» doen doene ende continuerene zekere goddelicke diensten ende
» andersins te reparerene van verchierheden, den autare, siegen,
» ende anderen, ter eeren van Gode van Hemelrycke ende S^te
» Agneete voorseide, wy alle die hoyrs zyn ende actie hebbende
» van de voorseide joncvrauwe Lisbette up t'voorseide versonck
» ende bede te gader gesproken hebbende, advis ende deliberatie
» daer up ghehadt met malcanderen, hebben de voorseide dekin
» ende proviseurs ons hemlieden ende hueren naercommers in den
» name van den voornomden gulde geconsenteert ende consenteren
» by dezen t'voorseide haerlieder versonck ende bede in der ma-
» nieren voorscreven emmere behouden de conditie hier naer vol-
» ghen, te wetene, dat wy over ons ende onse naercomeren als
» hoyrs van der vorseide joncvrauwe Lisbette tonswaert reser-
» veren waert so dat wy ende onse voorseide naercomers daer af
» hebben ende behouden zullen eenen sluetele omme messe daer inne
» ghedaen te werdene alzo ons ende onse naercomeren ghelieven
» zal zonder eenichsins te corruperene ofte belettene die huere
» ofte tyt van der messe ende diensten die t'voorseide gulde daer
» inne zal doen doen ooc behouden wy ons recht van sepulturen
» in de voorseide cappelle sleecx der eerden ende onghetoumeert,
» insghelycx, ne zal gheene andere wapene in de ghelaesveustere
» van der voors cappelle meghen staen dan nu ter tyt daer inne

Le soin qu'on mettait à la conservation de cette belle
composition, est bien prouvé par l'état dans lequel
elle est encore aujourd'hui, malgré les déplacemens
qui eurent lieu pendant nos troubles et pendant les
différens incendies que l'église eut le malheur d'es-
suyer. Le 1er Juin 1641, lorsque le feu embrasa les
toits de la grande nef, le péril parut si imminent
que le tout fut enlevé de l'église, non sans quelque
désordre, dans l'espace d'une heure; heureusement,
dit *Egidius Burgundus* (1), la voûte nouvellement
construite en briques par la munificence de M. l'évêque

» zyn te wetene van Joos *Vyts* ende joncvrauwe Lisbetten *Bor-*
» *luuts* voornomt welcke wapenen ende insghelycx de gheheele
» venstere t'voorseide gulde altyts daer inne onderhouden zullen,
» ende doen onderhouden teeuwelicken daghen van allen repara-
» tien ende andersins, zonder ons ende onse naercommers cost ende
» last, maer waert so dat t'voorseide gheselscip ende gulde ghe-
» liefde naer mael inde voorseide veynstere eeneghe beelden ofte
» divise van den zelven gulde te doen makene ende stellene, dat
» moghen zy doen by dezen onsen consente behouden altyts de
» voornomde wapenen, ende die daer inne continuerende ende
» onderhoudende alzo voorseit es zonder eenighe andere ghulden
» gheselscepe ofte gheslachteu alzo verre alst onslieden ancleeft
» in de voorseide cappelle eenich recht ofte vryhede te hebbene
» in eenegher wys. Ende omme dat dit ons consent der voorseiden
» gulde ende gheselscepe van sente Aguecte gheduerich zyn ende
» bliven zoude in der manieren voorscreven, so hebben wy Si-
» moen *Borluut* filius Simoens, Simon *Borluut* filius Baudins ende
» Lieven *Sersimoens* bovenghenomt over ons ende die ons ancle-
» ven ende over onse ende haerlieder boyien ende naercomeren
» dese lettren ghieseghelt elck onser met zynen seghele hier anne
» uuthanghende den neghentiensten dach van Meye int jaer ons
» Heeren als men screef duust vier honder vyfentzeventich."

(1) Ad epichremata politica sive animantium, hominuumque
certamina litesque et lusus 'Ἀπαρτησις, sive appendix *Fani D.
Bavonis incendium.* Gandavi, apud Joan. Kerckhovium, 1642, in-4.

Triest, mit obstacle à la fureur des flammes, sans cela, *que seraient devenues*, continue-t-il, *ces précieuses peintures, qui surpassent le tableau d'Hélène par Parrhasius, ou égalent celui d'Ajax par Timante? Qui ne connait point ces fameux chefs-d'œuvre des van Eyck, vraie merveille du monde, qui fait ombrage par sa grande renommée, à tous ceux, dont l'antiquité a proné l'art ou l'industrie, etc.* Cet éloge, à une époque où Raphaël et Rubens avaient déjà enrichi les arts de leurs immortelles productions, prouve la vénération que le public de Gand portait au chef-d'œuvre de la renaissance de la peinture, créé dans cette cité par l'artiste célèbre qui mit en usage et propagea dans toute l'Europe la nouvelle méthode d'appliquer les couleurs, afin de rendre plus durables les productions de leur génie.

Le prix qu'on y attachait à ses ouvrages, est aussi très-bien exprimé par Vaernewyck, quand il dit : *que cet ouvrage miraculeux vaut plus que tout l'or dont on pourrait le couvrir.* La copie ne fut pas moins soigneusement conservée dans la chapelle de la maison-de-ville (1).

_____

(1) Cette copie peinte sur toile, est tendue sur différens châssis, qui sont fixés dans un seul cadre, de manière que les volets ne peuvent se fermer, d'où il résulte, que les peintures extérieures n'y sont pas représentées. On ne connait pas l'époque où elle fut placée à l'hôtel-de-ville ni le peintre qui l'a faite; les ornemens de l'ancien cadre, le silence de Vaernewyck, de Luc de Heere et de van Huerne, doivent faire supposer que c'est un ouvrage du commencement du XVIIme siècle. En 1796, les révolutionnaires français s'étant emparés du pouvoir, vendirent publiquement tous les objets qui se trouvaient dans cette chapelle, et le tableau fut acheté par M. Ch. Hisette. Après son décès, et au moment où les volets originaux venaient-de nous être enlevés, nous fimes un offre pour cette copie, afin de conserver au Musée

Le public de Gand n'a pas discontinué de se porter
en foule devant ce tableau pendant les jours de fête;
mais cet usage a cessé, après que l'empereur Joseph II,
eut visité l'église, en 1785. Ce monarque exprima son
étonnement de voir exposé dans une chapelle de ce
temple une production aussi peu décente, disait-il; et
voilà peut-être la source du mal qui nous a fait perdre
ces chefs-d'œuvre; car, depuis cette époque, les volets
des tableaux sont restés fermés, et c'est à cette même
tradition qu'il faut attribuer qu'ils n'ont pas été replacés, lorsque les tableaux ont été renvoyés de Paris,
et détournés par la suite de leur destination primitive.

En 1794, les panneaux du milieu furent enlevés par
les commissaires français, et peu de tems après, les
volets qu'ils n'avaient pas enlevés furent mis en lieu
de sûreté. M. Denon, directeur du musée de Paris, fit
des instances pour obtenir ces volets, et fit même offrir

---

un souvenir de ce dont la ville de Gand déplorera à jamais la
perte; entre-tems, M. Aders, de Londres, amateur aussi instruit
que zélé, en fit l'acquisition, et M. Lorent, peintre, établi en
cette ville, fut chargé de la restaurer; cet ouvrage lui fit beaucoup
d'honneur et augmenta la réputation dont il jouissait déjà. Nous
possédons un beau dessin colorié, fait par Mad. Aders, des cinq
figures qui forment le groupe principal du panneau représentant
les *Justes Juges;* nous le devons à l'obligeance de M. Aders. Ce
dessin exécuté avec une précision et une finesse dignes de l'artiste
le plus exercé dans son art, nous a confirmés dans l'opinion, que
ces copies sont faites avec plus d'exactitude que celles de Cocxie.
Nous ajouterons à cela que Mad. Aders a eu l'attention de nous
communiquer le dessin (*) du panneau représentant l'Agneau de
l'Apocalypse, et que nous l'avons trouvé d'une exactitude parfaite avec l'original, tant sous le rapport du coloris que sous
celui de la composition et du dessin.

(*) Ce dessin à l'aquarelle et à la gouache, est réduit au quart de la
grandeur de l'original. Cette dame se propose de dessiner ainsi, sur la
même échelle, les autres panneaux.

en échange des tableaux de Rubens; mais M. l'Evêque
Fallot de Beaumont, administrateur éclairé, ne voulut
jamais y consentir, sachant apprécier que ces peintures
avaient un double intérêt pour la ville de Gand. Lors
de leur renvoi de Paris, ces tableaux furent exposés
au musée de la ville, et causèrent un renouvellement
d'admiration parmi les habitans; après plusieurs se-
maines d'exposition, ils furent remis avec solennité,
par M. le Bourguemaître, à MM. les délégués de la
fabrique pour être placés dans l'église. Le procès-
verbal de cette opération fut dressé le 10 Mai 1816,
et ce précieux chef-d'œuvre ainsi que tous les tableaux
rapportés de Paris, furent mis sous la surveillance de
la Régence de la ville et une commission fut nommée
pour en faire annuellement une inspection et en con-
stater l'état de conservation.

Peu de tems après, pendant l'absence de M. l'Evêque
de Broglie, qui s'était retiré en France, l'administration
du diocèse de Gand fut dirigée par un vicaire-général
français, à qui l'esprit national et l'honneur de l'école
flamande étaient fort indifférens. Un marchand de tableaux se présente, et comme le proverbe dit, *qu'il est
bon de pêcher en eau trouble,* on fait croire aux personnes chargées de la direction de l'église que ces volets
n'ont d'autre mérite que leur ancienneté; qu'il n'était
plus d'usage de placer des volets aux tableaux, et que
d'ailleurs les sujets n'avaient rien de commun avec les
peintures intérieures; enfin, que c'était le moment de
s'en défaire favorablement!... On a la faiblesse de se
laisser séduire, sans s'apercevoir qu'on était le jouet
de quelques spéculateurs, et les parties les plus intéressantes de cette noble composition furent ravies à la
Flandre par la faute de l'étranger qui se trouvait à la

tête du diocèse et qui aurait dû empêcher l'aliénation de
cette merveille de l'art du XVme siècle. L'acquéreur traita
l'affaire avec beaucoup de mystère, et ce ne fut que le
lendemain du départ des tableaux que nous apprimes
l'adroite supercherie avec laquelle on était parvenu à
mutiler la production la plus précieuse de la renaissance
des arts. Nous en informâmes M. van Hulthem, alors
greffier de la 2me chambre des Etats-Généraux ; il fit faire
de suite des perquisitions conjointement avec M. le comte
de Lens, alors bourguemaître de Gand, qui s'était rendu
à Bruxelles pour faire mettre arrêt sur cette espèce de
larcin ; mais tous les moyens de l'intrigue ayant été em-
ployés pour le soustraire à la recherche de l'administration, leurs demarches demeurèrent sans succès. Un procès fut intenté aux vendeurs ; leurs moyens de défense,
quoique faibles, l'ayant fait traîner en longueur,
l'affaire n'a pas eu d'autres suites, depuis que ces objets
sont passés en des mains étrangères. Au surplus, l'ancien vicaire-général s'étant retiré du pays, après le
décès de M. de Broglie, le signataire de la quittance,
en sa qualité de trésorier, serait devenu seul respon-
sable d'une vente dont il n'était pas l'auteur. Mais
ce procès éveilla l'attention du Gouvernement, et
S. M. le Roi par son arrêté du 5 Décembre 1823,
vient de mettre sous la surveillance des Régences
communales tous les objets d'art et tous les monumens
historiques de quelque nature qu'ils puissent être,
qui se trouvent dans les églises, les hospices ou tout
autre monument public ; les directeurs en chef de ces
établissemens en sont personnellement responsables. A
cet effet, des commissions ont été nommées dans toutes
les villes et communes de la Flandre Orientale. Cet exemple a été suivi à Bruges, et le sera bientôt dans toute la

Belgique. Non-seulement aucun de ces objets ne peut être vendu ou aliéné, mais on ne peut même les restaurer, nettoyer ou les déplacer sans une autorisation spéciale de l'administration communale et l'approbation des États-Députés de la Province. C'est à la bienveillante sollicitude de M. le comte de Lens, gouverneur de la province, que nous sommes redevables de ces mesures aussi utiles que nécessaires, pour conserver à la Flandre les beaux monumens qui ont rendu son école une des premières de l'Europe.

Heureusement nous n'avons plus à craindre l'influence étrangère. L'administration du diocèse de Gand et de l'église de S. Bavon sont composés de personnages qui savent honorer les arts. Ils sont tous Belges et sauront se prémunir contre les pressantes sollicitations de ces hommes qui regardent comme une chimère la gloire d'une cité, à laquelle leur affection ne les attache pas, et pour qui l'amour de la patrie même n'aurait d'autre attrait que celui de servir leur intérêt privé.

Ces tableaux furent encore exposés au plus grand danger pendant l'incendie des toits latéraux de la haute église, qui éclata le 11 Septembre 1822. Le retable en bois, le devant d'autel en broderies et les nappes dont il était couvert, les exposèrent à être la proie des flammes ; il faut ajouter que c'était précisément au-dessus de cette chapelle que le feu avait le plus d'intensité et fit le plus de ravages. Ce fut par une pluie de plomb fondu entre-mêlé de cendres brûlantes que nous avons fait ôter le tableau, non sans danger pour les personnes qui escaladèrent l'autel et qui, sans échelles et sans outils, étaient obligées de descendre ces tableaux qui sont d'une forte pesanteur. On s'occupe dans ce moment à les restaurer, et bientôt l'Agneau de l'Apocalypse et son couronnement occuperont leur ancienne place.

Nous venons de recevoir de renseignemens sur le tableau de J. van Eyck, conservé autrefois à Ipres, qui sont de nouvelles preuves pour nous convaincre que ce célèbre peintre est mort dans le courant de l'année 1445. Les annales manuscrites d'Ipres (1) rapportent que ce fut en 1445 qu'un peintre nommé maître Jean van Eyck y peignit l'admirable tableau, ou plutôt, l'*ex voto*, placé autrefois dans le chœur de l'église de la prevôté de S. Martin, au-dessus de la sépulture de Nicolas van Maelbeke, abbé ou prevôt du lieu, enterré devant cet *ex voto* (2); il était placé

_____

(1) Un manuscrit du XVme siècle, provenant des *Frères Gris* (*Graeuwe Broeders*), dont tout le mobilier avait été vendu par les iconoclastes, servit de noyau à ces annales, rédigées entre les années 1550 et 1580, par un nommé Thomas de Raeve, chirurgien à Ipres, qui s'était procuré ce manuscrit en 1578. Ces annales passèrent ensuite à un nommé Ramaut, instituteur, mort en 1781, qui en forma un recueil de huit volumes in-folio, en y ajoutant tout ce qu'on avait écrit et imprimé sur sa ville natale. M. Lambin, secrétaire des hospices à Ipres et membre de la Société Royale des beaux-arts à Gand, en a fait l'acquisition depuis quelques années, et continue ce travail, commencé depuis quatre siècles, avec un zèle et une exactitude qui rendront cet ouvrage de plus en plus intéressant.

(2) Anno 1445, heeft meester Joannes van Eycken, een befaemden schilder, binnen Ypre geschildert dat overtreffelyck tafereel, 't welcke gestelt wiert in den choor van S. Maertens, tot een gedachtenisse van den eerweirdigen heere Nicolaus Malchalopie (van Maelbeke), abt ofte proost van St. Maertens klooster, die daer vooren begraven ligt. *Partie extraite du journal des Frères Gris* (*Graeuwe Broeders*).

Nicolas van Maelbeke appelé dans les annales d'Ipres, d'un côté par corruption Nicolaus *Malchalopie*, et dans d'autres en-

à l'endroit qu'occupe aujourd'hui la châsse en marbre
de S^{te}. Walburge : une copie de cette peinture se trouvait dans la même église, près de l'autel, dans la chapelle de la Vierge ; l'original en a été enlevé et trans-
porté, dit-on, à l'évêché, lorsque le chœur fut revêtu
en marbre (1), ce qui doit avoir eu lieu après l'année
1757 ; c'est avec les fonds donnés à l'église, en vertu
du testament du chanoine Plumyoen, décédé le 10 Janvier 1757, que ces changemens ont été exécutés.

L'année 1445, citée dans les annales d'Ipres, doit être
considérée comme l'époque où van Eyck, avant d'avoir
terminé ce tableau, cessa d'y travailler, et elle nous
met ainsi sur la voie pour déterminer l'époque précise
de son décès. Toutes les dates coïncident si bien entr'elles
qu'il n'existe plus nul doute à cet égard ; en effet,

---

droits van Maelbeke, comme *Sanderus* le nomme, succéda à
Nicolas Zondelin, mort en 1420, et eut pour successeur Lambert
van de Woestyne, qui entra en possession de la dignité de pré-
vôt en 1447. (*Extrait d'un ancien manuscrit, découvert par
M. Lambin aux archives d'Ipres*). L'époque de la mort de ce
prevôt coïncide ainsi d'après la date donnée dans les annales d'Ipres,
à l'exécution de cet *ex voto*, laquelle eut lieu du vivant de van
Maelbeke, qui s'y trouve figuré ; et, comme ce tableau n'est
point achevé et a été mis en place dans cet état, nous devons
attribuer cette circonstance plutôt au décès de van Eyck, qu'à
celui du donateur, puisque la mort de ce dernier ne pouvait empêcher le peintre de finir son ouvrage qui était sur le point d'être
terminé.

(1) Dese schilderie of tafereel plachte in den choor te hangen,
daer nu de marbel kasse is van St. Walburge. Daer hangt een
nagebutst tafereel, ofte eene copie het selve verbeeldende, in onze
Lieve Vrouwe beucke, by onze Vrouwe autaer, boven het sitten
der autaerbewaerders in St. Maertens kerke, maer het origineel
is uit den choor gedaen als men lest den choor in marbel heeft
gestelt. *Extrait de la partie redigée par Rumaut.*

5

ne trouvons nous pas dans les archives de Bruges une
veuve de Jean van Eyck, qui, le 24 Février 1445, concou-
rut à une loterie ouverte par la ville (1), et, dans la
collection de M. van Ertborn, à Anvers, un tableau
d'Antonello de Messine, peint dans la même année (2)?
Ajoutez à cela, que jusqu'à ce jour, on n'a découvert
aucun document qui puisse prouver que Jean ait vécu
au-delà de l'année 1445; aussi la plupart des auteurs
qui ont écrit en France, en Italie, en Allemagne et en
Angleterre, s'accordent à-peu-près sur ce point. Il n'y
a que très-peu d'écrivains qui aient essayé de prolonger,
je ne sais pour quelle raison, la vie de cet artiste (3).

Quelques personnes pourraient trouver l'époque du
1er Janvier au 24 Février trop courte pour supposer que
dans cet espace de tems, le peintre ait travaillé à son
tableau, fait une maladie, s'il n'est pas mort subite-
ment, et laissé un tems moral entre son décès et celui
où sa veuve se serait déjà plu à courir quelques chan-
ces à la loterie. Mais on doit se rappeler que l'usage
existait encore de commencer l'année à Pâques, de
manière que le mois de Février, au lieu d'être le

(1) Notice sur Antonello de Messine. Gand, 1825, pag. 3.

(2) Idem, pag. 47.

(3) MM. Boisserée à Stuttgart, dans leur bel et intéressant
ouvrage (*), attribuent à J. van Eyck un portrait, au bas de
la lithographie duquel on a inscrit : *Cardinal Carl von Bourbon
Erzbischof von Lyon geb.* 1434 *gestorb.* 1488. C'est une erreur
de fait que nous verrions, avec plaisir, disparaître de ce recueil,
exécuté avec tant de soins et qui sera un des plus beaux monumens élevés à la mémoire des peintres de l'ancienne Ecole Flamande et Allemande.

(*) Die Sammlung Alt-Nieder-und-Ober-Deutscher Gemaelde der Brüder
Sulpiz und Melchior Boisserée und Johann Bertram, lithographirt von Johann Nepomuk Strixner. Mit Nachrichten über die Altdeutschen Maler von
den Besitzern. Stuttgart bey den Herausgebern. 1821.

deuxième de l'année, en était le 10ᵐᵉ ou le 11ᵐᵉ, et qu'ainsi cette date devient le 24 Février 1446 (1). Cet intervalle ne doit plus paraître trop circonscrit; et environ une année a dû suffire à Antonello pour qu'il ait vu mourir son maître et se soit encore rendu en Italie, où, dès cette époque, il aurait communiqué son secret aux peintres de Vénise (2).

---

(1) En France cette manière de commencer l'année cessa par l'édit de Charles IX, donné en 1564; en Belgique, ce ne fut qu'en 1574, par l'ordonnance de Don Louis de Requescens, gouverneur des Pays-Bas : » *Anno 1574 is by placcaerte van den grooten Commandeur* Don Louis de Requescens, *Gouverneur deser Nederlanden, weghgenomen de oude maniere van te beginnen het jaer van Paesschen, ende gheordonneert, dat het voortaen soude beginnen met den eersten Januarii, ende op dese oude maniere vindt men noch de oude placcaerten gedateert den .... Meert, den .... April, voor, ofte naer Paesschen : want was het jaer voor Paesschen, soo was het noch 't oudt jaer, naer Paesschen, in 't nieuw jaer.*« Brusselsche antiquiteyten ofte oudheden. Brussel, 1682.

(2) On commence généralement à regarder comme une erreur, ou une faute typographique, glissée dans l'ouvrage de Vasari, qu'Antonello n'ait vécu que 49 ans. Nous venons de recevoir, sur ce peintre, une Notice publiée à Messine en 1821 (*), où l'auteur fixe la naissance de son compatriote à l'année 1421 et d'où il résulte qu'Antonello aurait vécu au-delà de 70 ans; d'après cette notice il était fils de Salvatori di Antonio, peintre et architecte. C'est ainsi que nous voyons de jour en jour se confirmer les opinions que nous avons émises sur cette époque de notre histoire de l'art. La vie de cet artiste s'y rattache et tous ceux qui cherchaient, dans la courte durée de l'existence de ce peintre, un obstacle à son voyage en Flandre, doivent renoncer à leurs préventions. Nous devons rapporter l'introduction de la méthode de peindre à l'huile, en Italie, par Antonello, à l'année 1445; et l'époque où Hubert van Eyck avait déjà employé avec succès les couleurs à l'huile dans ses compositions, doit être fixée vers le tems où son talent

(*) **Memorie de' pittori Messinesi e degli esteri che in Messina fiorirono dal secolo XII sino al secolo XIX ornate di ritratti.** In Messina, 1821, in-8.

La date du décès de J. van Eyck s'accorde aussi parfaitement avec les auteurs qui donnent à Memling, Roger de Bruges pour maître; nous entendons, comme maître principal, car il se pourrait que cet artiste ait reçu les premières notions de son art dans l'atelier de van Eyck; mais on ne doit honorer du nom de maître

---

était formé, c'est-à-dire, dans les dernières années du XIVme siècle. La perfection avec laquelle sont exécutés les ouvrages qui nous en restent et qui datent de 1426, décèlent un talent consommé qu'un artiste ne peut acquérir qu'après avoir fait des études approfondies et après plusieurs années de pratique. L'usage de mêler les couleurs avec de l'huile, existait dans le nord de l'Europe, long-tems avant que van Eyck s'en servit pour faire des tableaux. Ces couleurs ainsi mêlées étaient employées à couvrir les ouvrages en bois, pour les préserver de l'humidité de l'air; on s'en servait encore à colorier les armoiries, les statues et quelquefois des ornemens grossiers ou des figures, tracés au contour, sur lesquels on appliquait des teintes unies, sans y indiquer les ombres, comme nous en trouvons encore des exemples et comme nous le prouve le manuscrit de Théophile (voyez la notice sur Antonello de Messine, pag. 29). On ne concevrait peut-être pas comment la méthode de van Eyck n'eût pas été mise en usage dès le tems qu'on a employé les couleurs à l'huile, si l'on ne savait que les peintres de ce pays, aussi bien que ceux de l'Allemagne et de l'Italie, avaient contracté l'habitude d'employer une espèce d'encaustique ou de couleur à colle pour l'exécution de leurs tableaux. Le succès obtenu dans ce genre de peinture, leur aura fait négliger les recherches propres à remédier aux inconvéniens qui résultaient, d'après Théophile, du mélange des couleurs à l'huile. C'est van Eyck qui, ayant su lever cet obstacle, est parvenu par son talent et par son génie à produire des ouvrages où ce procédé a été porté au plus haut degré de perfection, ce qui l'a fait adopter par toutes les écoles comme une nouvelle méthode due *aux grandes découvertes qu'il était parvenu à faire sur la propriété des couleurs* (*). On l'a donc proclamé à juste titre *l'inventeur de la peinture à l'huile.*

(*) C'est ainsi que s'exprime *Facius*, auteur contemporain de van Eyck, *De viris illustribus.* Florence, 1745.

que celui qui a formé le talent d'un élève. Nous re-gardons d'autant plus Memling comme élève de Roger, que jamais nous ne pourrions adopter la ridicule anec-dote donnée, pour la première fois, par Descamps dans sa biographie des peintres. Il est vrai qu'il la rapporte comme un *on dit;* mais tous les auteurs qui ont écrit après lui l'ayant répétée, ils ont donné à cette fable un certain air de vraisemblance qui a induit le public en erreur et qu'il est tems de relever. Voici au résumé ce que cet auteur rapporte : ON DIT *qu'il s'enrola* (Memling) *par* LIBERTINAGE *en qualité de simple soldat et que se voyant réduit à la* DERNIÈRE MISÈRE *dans l'hôpital de S. Jean à Bruges, il ouvrit les yeux sur le* DÉRANGEMENT *de sa conduite.*

Puisque, d'après l'auteur même, tout ceci n'est qu'un *on dit,* on n'aurait dû y ajouter foi qu'autant que cette anecdote fut fondée sur des documens irré-cusables ou sur les témoignages des historiens qui ont écrit dans un tems plus rapproché de celui où vécut ce peintre; ce n'est qu'après deux siècles et demi que Descamps vint nous raconter une particularité, que la saine raison aurait dû rejeter; car un homme épuisé par *libertinage* et par *misère,* reprendrait diffici-lement ses forces morales et physiques pour produire les chefs-d'œuvre que son pinceau sut créer. D'ailleurs les passages qu'il donne pour l'appuyer sont totalement faux, entr'autres, celui où il raconte *que* Memling *fit un tableau pour l'hôpital en* RECONNAISSANCE *des soins que l'on avait eus de lui pendant sa maladie; ce tableau,* continue-t-il, *a deux volets; il a peint au milieu la Naissance du Seigneur,..... à travers une fenêtre, on voit le portrait du peintre avec la* ROBE DES MALADES; *on lit sur la bordure :* OPUS IOHANNIS HEMMELINCK

M. CCCC. LXXIX. *avec sa marque ordinaire* (1). Ce passage devrait nous faire croire que Descamps n'a pas fait
cette description devant le tableau ou même peut-être
qu'il ne l'a pas vu: 1° parce que, s'il l'avait eu sous
les yeux, il se serait aperçu que ce tableau n'est pas un
DON DE RECONNAISSANCE, mais que c'est un OUVRAGE
COMMANDÉ, au peintre, par un nommé Jean Floreins,
frère de cet hôpital, ce que nous apprend l'inscription
du cadre ainsi conçue: DIT. WERCK. DEDE. MAKEN,
BROEDER. IAN. FLOREINS. ALIAS. VANDER. RIIST.
BROEDER. PROFFES. VANDE. HOSPITALE. VAN. SINT.
IANS. IN. BRUGGHE. ANNO. M CCCC LXXIX. OPUS,
JOHANIS HEMLING. 2° Que la figure que l'on voit
au travers d'une fenêtre et désignée pour être le portrait du peintre, n'étant vue que jusqu'au cou, il est
absurde de dire que ce portrait est en *robe de malade;*
la coiffure de la tête n'a pu donner occasion à cette méprise, parce qu'un artiste comme Descamps ne pouvait
ignorer que, dans ce siècle, c'était la mode dans la
classe la plus élevée de la société, de porter de pareils
bonnets. Cet auteur n'ayant appuyé cette anecdote, que
sur des assertions dont la fausseté est démontrée par
les monumens mêmes qu'il veut faire servir à y donner quelque vraisemblance, nous devons la considérer
comme aussi fausse que celle qui concerne van Dyck

---

(1) Pour pouvoir dire que c'est la *marque* ORDINAIRE du peintre,
on devrait en connaître plusieurs exemples. Toutefois il est certain que celle-ci n'est pas le monogramme de Memling, mais bien
celui de Jean Floreins, donateur du tableau. Les lettres I et F
entrelacées de cette manière ont donné lieu à cette
méprise qui les a fait prendre pour I. H. F. (Jean Hemling Fecit.)

et les chanoines de Courtrai, rapportée dans le même ouvrage, et que tous les écrivains se sont plu également à copier et à donner d'après lui, avec une certaine affectation, comme une vérité incontestable: et voilà comme on écrit l'histoire (1).

---

(1) Dans le 3ᵐᵉ vol. des *Annales Belgiques*, nous avons déjà prouvé la fausseté de cette anecdote: » van Dyck, dit Descamps, » appelé à Courtrai par les chanoines, y fit le prix d'un ta- » bleau, qu'il alla peindre à Anvers et le transporta ensuite lui- » même à Courtrai, où il fut bafoué et traité de misérable bar- » bouilleur, non-seulement par les chanoines, mais encore par les » menuisiers et les valets, etc. Cependant le public s'empressa de » rendre hommage au jeune peintre, et les chanoines rougirent » de honte; pour réparer leur sotte injustice, ils lui commandè- » rent deux autres tableaux, mais van Dyck leur répondit sèche- » ment: *qu'ils avaient assez de barbouilleurs à Courtrai et que* » *pour lui, il avait pris la résolution de ne peindre désormais* » *que pour des hommes et non pas pour des ânes."* Enfin cette anecdote trop longue pour la donner ici en entier, est tellement circonstanciée, qu'elle doit paraître très-véridique à toutes les personnes qui ont lu cet ouvrage, et on continuerait encore à y ajouter foi, si heureusement la correspondance originale entre van Dyck et le chanoine Braye n'avait été retrouvée. Il conste par ces différentes lettres: 1º que ce tableau a été commandé et fait aux frais du chanoine Braye et non pas pour le chapitre; 2º que van Dyck n'a pas été à Courtrai, mais que c'est par l'entremise du négociant Marc van Woonsele, établi à Anvers, que l'accord a été fait; 3º que le peintre ne s'est pas rendu à Courtrai pour placer son tableau, que par conséquent il n'a pu être exposé à des avanies aussi humiliantes; 4º que la lettre de M. van Woon- sele à M. Braye, datée du 8 Mai, et qui annonce que le 9 au soir le tableau arrivera à Courtrai, accuse en même tems réception de l'argent destiné au payement du tableau, dont le prix convenu (600 florins), était déjà arrivé à Anvers avant que le tableau fût parti de la ville; 5º que la lettre de van Dyck, que nous tran- scrivons ici en entier, suffit seule pour faire entendre combien il a été satisfait de la manière gràcieuse dont on a accueilli son tableau.

» Mynheer Braye. VL. aenghenaemen van den 13 dezer is my tsaemen met een dosyne wafeltiens wel behandicht, als ook ont-

Quant au nom de Memling, nous continuons de l'écrire avec un M comme van Mander, et comme l'auteur anonyme de l'abbé Morelli, qui ont écrit avant qu'il

---

fangen hebbe door mons.ᵣ Marcus van Woonsel de somme van hondert pont vlaems voor betaelinghe 't stuck schilderye *door* VL. *oordre* ghemaeckt... VL. van de betaelinghe als van de wafeltiens bedankende. Ick hebbe seer getracht ghehad VL. *in dit werck contentement te gheven, ghelyck oock (dat my seer aenghenaem is) verstaen uyt* VL. *aeng. tselve volcommen hebt,* als mede myn E. heere den Deken als dauder heeren Canonicken. VL. versoekt tot memorie de schetze vant voors.ⁿ stuck, d'welck ick aen VL. niet wil weygheren hoe wel 't selve aen gheene andere en doen. Hebbe tot dien eynde aen mons.ᵣ van Woonsel 't selve ghesonden, op dat aen VL. ghesonden woorde; waer mede eynde my oefferende naer vermoghen VL. te dienen blyvende neffens goetgunstighe groetenisse en wensch van lanck en gheluckig leven."

Mynheer   U-L. ootmoedigen dienaer,

(Fac-simile *de la signature originale.*)

Cette lettre porte la date du 20 *Mai* 1631; elle accuse la réception d'une autre, en date du 13, que le chanoine Braye lui avait écrite, et la réception de la somme comme prix du tableau peint *par ordre de M. Braye;* il a appris avec satisfaction, dit-il, que le tableau a eu l'assentiment du donateur, ainsi que celui de M. le doyen et des autres chanoines du chapitre; il ne peut refuser d'envoyer comme un souvenir *l'esquisse* demandée, quoiqu'il ne fasse une faveur de cette nature à personne autre; il termine sa lettre *en présentant ses services ultérieurs au chanoine,* etc.

Cette dernière expression détruit surabondamment la petite partie du conte que nous avons rappelée, et qui a trait aux refus prétendument faits par *van Dyck* de travailler dorénavant pour la ville de Courtrai.

Au surplus, s'il fallait prouver encore plus pertinemment que c'est le chanoine Braye qui fit peindre ce tableau, et que les autres membres du chapitre ne furent pour rien dans les négociations qui eurent lieu à cet égard, l'épitaphe même, que le romancier

eût plu à M. Descamps de dire que le premier de ces
auteurs se trompe en orthographiant le nom de ce peintre
avec un M et que le véritable nom de cet artiste est
Hemmelinck. Nous fondons notre opinion sur l'inscription même où l'initiale de son nom est marquée d'un
M majuscule en usage en Flandre à cette époque et
sur-tout à Bruges. Les monnaies frappées en cette ville
du tems de Memling, sous le règne de Marie de Bourgogne et de Maximilien son époux, nous en donnent
des preuves irrécusables (1). Quoique l'orthographe
du nom, tel que l'écrit van Mander (Memmelinck),
ne soit pas tout-à-fait conforme à celle du tableau, elle
nous prouve cependant qu'il a été écrit d'après la prononciation, car aujourd'hui encore plusieurs noms qui
se prononcent en deux syllabes, s'écrivent en trois,
comme par exemple, Heb-lynck (Hebbelynck), Mech-
lynck (Mechelynck), Sam-ling (Sameling), etc. Quant
à la prononciation de Mem ou Hem, elle est tellement

J. B. Descamps transcrivit dans la chapelle où le fameux tableau
est exposé, donnerait l'explication la plus satisfaisante (*); seulement on a lieu d'être surpris que l'auteur du *Voyage pittoresque*
n'ait pas réfuté lui-même, dans ce second article, un conte qu'il
paraît avoir eu du plaisir à embellir dans sa *Biographie des
Peintres*, dont la publication est antérieure de plusieurs années.

Quelle foi doit-on à présent ajouter à tous ses autres contes,
parmi lesquels nous rangeons celui de Memling, lorsqu'on a ici
la conviction que c'est volontairement qu'il a laissé subsister cette
anecdote calomnieuse? L'épitaphe lui avait prouvé le contraire et
la note qu'il y ajoute : *Cet excellent tableau est un don de Roger
Braye, chanoine*, démontre qu'il ne l'a pas copiée machinalement.

(1) Dans la collection numismatique de l'Université de Gand, on
conserve plusieurs pièces, trouvées à Ghistelles et à Bruges, de Marie

(*) Voici cette épitaphe telle qu'elle se trouve dans l'édition de *Rouen*,
1769, et que celle de Paris (Anvers 1792) n'a pas copiée :
Monumentum Rogerii Braye, hujus ecclesiæ canonici, quem munificum,
domus Domini cultorem, archiva capitnli, *tabulaque huic altari donata*,
testantur. Ob. XXVII octobr. MDCXXXII. R. I. P.

différente, qu'ici il ne peut pas y avoir eu de méprise, et comme les Italiens, qui ne changent que la *terminaison* des noms, ont aussi conservé l'M, nous persistons dans l'opinion que tous ceux qui ont suivi Descamps, mauvais guide d'ailleurs, se sont trompés. Une inscription qui se trouve sur un autre tableau de ce maître, représentant le *Mariage de Ste Catherine*, placé dans la même salle à l'hôpital de S. Jean, a donné lieu à cette erreur. On y voit tracé : OPUS JOHANNIS. HEM-

LING. ANNO. M. CCCC. LXXIX. 1479 et la marque .
La troisième lettre de *Johannis* et la première de *Memling* y ayant la même forme, elle a trompé tous ceux qui sont allés sur les lieux pour vérifier comment ce

---

de Bourgogne et de Maximilien d'Autriche, contenant l'M majuscule employé dans le nom de Memling. Nous donnons ici la gravure d'une de ces monnaies. La légende porte: MARIA COMIT*issa* FLAND*riae*.

Sur une monnaie en plomb de cette Princesse, trouvée à S. Dénis près de Gand, et appartenant à la collection de M. L. van Bosterhout, bourguemaitre de cette commune, on lit: MARIA COMIT*issa* IN FLAND*ria;* au milieu on voit la lettre qui est d'une ressemblance non moins frappante avec l'initiale du nom de Memling, dont nous donnons ici le *fac-simile* ; sur le revers de cette pièce on voit une croix et on y lit : DA MIHI VIRT*utem* contra HOSTES TVOS (*donnez-moi la force contre vos ennemis*), ce qui pourrait faire supposer que c'est une monnaie obsidionale.

Dans l'Ordonnance sur les monnaies; Anvers, 1578, et dans l'ouvrage intitulé : *De munt der Graaven van Holland;* Delft, 1700, sont gravées les monnaies de l'empereur Maximilien qui portent la même lettre, figurée d'une manière identique.

peintre écrivait son nom. Cette inscription ayant été repeinte et ne se trouvant plus dans son état primitif, la
forme des lettres étant altérée, la répétition du millésime
en caractères arabes, le monogramme qui ne s'accorde pas
du tout avec son nom, démontrent évidemment qu'elle a
été dénaturée et qu'on doit la considérer comme apocryphe. On nous objectera peut-être que celui qui l'a repeinte, n'avait aucun motif pour la falsifier; mais, comme
il s'est permis de changer la physionomie originale des
caractères, à plus forte raison a-t-il pu dans son igno-
rance, avoir placé dans *Johannis* un M qu'il voyait dans
l'inscription et qui, à ses yeux, lui paraissait être un H.

La différence qu'on remarque entre l'inscription du
grand tableau et celle du tableau commandé par Jean Floreins, dont les lettres sont conformes et ont la même physionomie que dans l'inscription du tableau conservé à l'hôpital S. Julien, pouvait déjà faire naître des soupçons sur
sa validité à pouvoir servir de document irréfragable. Les
inscriptions des tableaux de Memling sont trop soignées
dans leur exécution et dans leur rédaction pour qu'on y
trouve des superfluités, telles que la répétition inutile
du millésime et la marque de son nom qui n'y paraît pas
moins ridicule, puisqu'il s'y trouve en entier; exemple
qui ne doit s'être présenté que très-rarement dans les
tableaux, si toutefois il se rencontre (1). Le millésime en
lettres arabes ne suppose-t-il pas que le *redresseur* de

---

(1) Ce n'est que chez les peintres ordinaires qu'on pourrait ren-
contrer de pareilles irrégularités; mais un artiste comme Memling
n'aurait pas cessé d'être raisonnable après avoir fait des ouvrages
où toute sa raison et son génie avait été mis à contribution. Les inscriptions suivantes prouvent la justesse et la concision de son esprit.
Inscription du tableau de l'hospice de S. Julien :
Hoc. opus. fieri. fecit. Martinus. de. Newenhoven.
anno. d̄m. 1487. vero. aetatis. suae. 23.
Inscription du tableau placé autrefois dans la chapelle des tau-

cette inscription a voulu en faciliter la lecture en l'y
ajoutant une seconde fois, en caractères plus en usage
de son tems.

Cette inscription douteuse ne pouvant être d'aucune
autorité, celle qui se trouve sur le petit tableau fait pour
Jean Floreins, et qui est restée intacte, doit nous servir de guide, et c'est d'après celle-ci que nous devons
déterminer le vrai nom de ce maître. Or, comme la lettre
H de *Johannis* et la lettre M qui se trouve au milieu
du nom de *Memling*, sont d'une forme différente de la
première lettre de ce nom, il nous reste seulement à
établir si c'était l'M ou si c'était l'H qui, du tems de
Memling s'écrivait ainsi. Nous croyons avoir suffisamment prouvé qu'à l'époque où vécut Memling et dans
la ville qu'il habitait, il était d'usage de représenter
l'initiale M de la même manière que celle dont ce
peintre a inscrit sur ses tableaux la première lettre de
son nom. D'ailleurs on ne nous citera aucun exemple où
cette forme de lettre ait été employée pour représenter
un H ; tandis que plusieurs monumens nous démontrent
qu'elle n'a jamais été employée autrement qu'à représenter la lettre M. Il n'en est pas de même de la lettre H dont on
a fait usage indistinctement pour figurer, tantôt avec quelques légères nuances, tantôt même sans aucune modifi-
cation, les lettres A. H. M. et N. ; de manière que si le nom
de Memling était écrit avec un H, on pourrait encore en
douter, vu que tous ceux qui ont écrit son nom sans
avoir vu les tableaux de Bruges, l'ont appellé *Memling.*

L. DE BAST.

---

neurs dans l'église de Notre-Dame à Bruges :

Int. jaer. 1480. *so. was. dit. were. gegeve. den. ambachie. van.
den. hudevetters. van. d'heer. Pieter. Bultine. F. Joris. hude-
vetter. en. coopman. en. van. jonck-ūwe. Catelyne. syn. wyf.
Goedevoerts. van. Ryebeke. dochter.*

C'est au moment où la notice qui précède était à l'impression, que nous venions de recevoir à la bibliothèque de l'Université, le n° 43 du *Kunstblatt* du 30 Mai 1825, contenant une lettre (1) du Dr Sulpice Boisserée sur Jean Memling et les tableaux des frères van Eyck dans la cathédrale de Gand, adressée au baron de Lassberg à Eppishausen.

Stuttgart, Avril 1825.

» Pendant mon séjour à Paris, j'y ai recueilli dans les différentes bibliothèques beaucoup de notices intéressantes qui pourront servir pour le texte explicatif de notre grand ouvrage lithographique. J'ai de même, pour compléter les recherches que mon frère avait déjà commencées dans les Pays-Bas, il y a quelques années, fait moi-même, l'an dernier, un voyage exprès en Hollande, en Brabant et en Flandre, et j'ai eu le plaisir non-seulement d'y voir plusieurs ouvrages d'anciens maîtres, rarement accessibles aux voyageurs, mais de remarquer

---

(1) Cette lettre contenant plusieurs opinions contraires à celles que nous avons énoncées dans cette notice, nous croyons de notre devoir de la faire connaître en même tems, et de soumettre ainsi au jugement des amateurs, les motifs qui nous obligent d'être d'une opinion différente. L'auteur de la lettre, que nous avons eu l'honneur de voir lors de son voyage en Flandre, possède une connaissance parfaite des tableaux de notre ancienne école, connaissance acquise par plusieurs anuées d'études et le travail exigé pour former la riche collection que cet amateur est parvenu à réunir à Stuttgart, où il réside. Mais comme il ne s'agit ici que d'une discussion purement historique, sur laquelle le public pourra juger en comparant les diverses pièces que nous portons à l'appui de nos assertions, nous aimons à espérer que M. Boisserée ne nous saura pas mauvais gré des remarques que nous nous croyons obligé de faire sur différens passages de sa lettre, d'autant plus que notre double but est le même: celui de découvrir la vérité. L. D. B.

en général dans ces contrées un très-vif intérêt pour les restes de l'ancien art national.

» Parmi les hommes qui se distinguent le plus par leur ardeur pour ces investigations, on doit sur-tout nommer M. *Fl. van Ertborn*, bourguemaître d'Anvers; M. *Math. van Brée*, peintre et directeur de l'académie des beaux-arts dans la même ville; M. *de Bast*, secrétaire de la société royale des beaux-arts à Gand; et le conseiller d'état, baron de *Keverberg*, à Bruxelles, qui vous est connu par son ouvrage sur Hemling.

» Mais le noble amour, qui anime le Prince d'Orange pour les beaux-arts, mérite sur-tout les plus grands éloges. Ce Prince forme, à grands frais, une collection de tableaux d'anciens maîtres Belges. Quoique n'en comptant encore qu'une trentaine environ, cette collection est déjà extrêmement intéressante pour les amateurs et pour les personnes qui font des recherches sur cette école. Il s'y trouve deux tableaux excellents de *Hemling*; un petit tableau, d'une grande beauté, de *Jean van Eyck*, représentant l'*Annonciation*; un beau portrait de *Bernard van Orley*, et entr'autres productions très-estimables encore, les copies par *Cocxie*, des volets du grand tableau des *van Eyck* à Gand. On voit en outre dans les appartemens du Prince un superbe tableau de *Rubens*, représentant *Jésus-Christ remettant les clefs à S. Pierre*; ensuite deux beaux portraits de l'école de *Raphaël*; un tableau du *Perugin*; la belle nymphe ou Flore, de *Leonardo*, que George Forster a tant admirée autrefois dans le cabinet du banquier Dannoot, à Bruxelles.

» Mais vous désirez apprendre avant tout, si j'ai trouvé des renseignemens plus précis sur l'origine de notre Hemling. J'ai la satisfaction de pouvoir vous dire

que mes recherches à cet égard n'ont pas été infructueuses; j'ai trouvé une notice brièvc à la vérité, mais
qui cependant confirme complètement l'opinion, que
très-probablement Hemling était natif de Constance.
M'appuyant sur votre découverte, j'ai émis cette opinion,
il y a quatre ans, dans le *Kunstblatt* (1). Un ancien auteur
flamand, *Marcus van Vaernewyck*, dans la description
qu'il fait de la ville de Bruges, a écrit le passage suivant:
» Bruges est orné non-seulement dans ses églises, mais
» aussi dans plusieurs maisons particulières d'excellents
» tableaux de maître *Hugo*, de maître *Roger* et de l'al-
» lemand *Hans*. Le meilleur des ouvrages de maître Hugo
» est dans l'église de S. Jacques. *Jean van Eyck* y a éga-
» lement laissé un monument de son art. Dans l'église
» de Notre-Dame l'on voit une Vierge, de marbre blanc,
» grandeur naturelle et exécutée par la main habile de
» *Michel-Ange Buonaroti*, etc.''

» Cet *allemand Hans* est sans nul doute notre *Hemling*; les vieux tableaux, les plus remarquables de
Bruges, sont de lui. Il en existe de même encore
quelques-uns de *Jean van Eyck*; mais rien ne nous
a été conservé des ouvrages de *Hugo* et de *Roger* (2).

(1) L'année 1821, n° 11.

(2) Ce passage est encore bien loin de nous *confirmer complètement* dans l'opinion que *Hans l'allemand* soit natif de Constance, et nous ne voyons qu'une supposition, là où l'auteur de
la lettre dit qu'il n'y a *nul doute* que ce peintre ne soit Hans
Memling. La découverte faite par M. le baron de Lassberg ne con-
sistant que dans la généalogie d'une ancienne famille de Constance
qui portait le nom de Hemling et dans laquelle on ne fait aucune
mention de ce peintre, ni d'un Hans quelconque, elle ne peut
donc servir d'aucune preuve pour établir que ce peintre appartienne
à cette famille; d'ailleurs, nous croyons avoir suffisamment prouvé
page 176 et suivantes de ce cahier, que son véritable nom est
Memling et non Hemling.

Ensuite, si on trouve quelques motifs pour supposer que le Hans

» Il nous paraît clair et prouvé maintenant, que le nom d'*Ausse*, que Vasari cite parmi les anciens peintres flamands comme disciple de Roger de Bruges, n'est autre que*Hans*, dont le nom a été défiguré tant par la prononciation étrangère, que par la fausse orthographe (*Ausse* au lieu de *Ansse*) comme déjà Lanzi(1)

cité par Vaernewyck est Hans Memling, nous n'oserions affirmer que ce passage, d'ailleurs un peu vague, n'y laisse *nul doute*, d'autant plus, que le chroniqueur gantois, ne citant aucun ouvrage de ce maître, ne fait point disparaître tout doute à cet égard. Les ouvrages de Memling ne sont pas les seuls qui méritent d'être cités à côté de ceux des van Eyck, de Roger et de maître Hugo. Bruges possède, encore aujourd'hui, et possédait, à plus forte raison, du tems de Vaernewyck, des tableaux, qui rivalisent avec les productions de ces maîtres, tandis que déjà les ouvrages de Hugo et de Roger ne s'y retrouvent plus. Combien d'autres tableaux encore, dont on n'a plus de souvenir, pourraient aussi être dans le même cas? Et si les tableaux de Memling étaient l'ouvrage d'un peintre allemand, il doit nous paraître fort étrange qu'Albert Durer, en visitant Bruges en 1521, ne se soit pas empressé de faire mention d'un de ses compatriotes, dont la renommée était encore dans son premier éclat et dont il avait sans doute admiré les productions. D'un autre côté, l'épithète de *duytschen* Hans, n'est pas une raison pour établir que ce peintre soit né en Allemagne; il suffisait à cette époque et encore long-tems après, d'avoir passé quelques années à l'étranger pour recevoir le surnom de la nation chez laquelle on avait habité; je ne citerai qu'un exemple pris parmi les artistes mêmes. Vers le commencement du siècle dernier un peintre gantois, nommé van Reysschoot, reçut dans sa ville natale à son retour d'Angleterre, le surnom de *Reysschoot l'anglais* (*den engelschen Reysschoot*), et encore de nos jours, les négocians de Gand, que des relations commerciales avaient appelés dans leur jeunesse en Espagne, en Angleterre, ne sont connus dans le public que sous le nom de l'*Espagnol*, de l'*Anglais*, etc. Cet usage est presque général dans la Flandre; et si Vaernewyck a voulu désigner Memling sous le nom de *duytschen Hans*, on ne doit l'attribuer qu'au séjour que ce peintre a fait en Allemagne. **L. D. B.**

(1) Storia pittorica, tom. III. ed. 3. p. 32.

et de Bast (1) l'ont présumé. L'assertion, que maître Hans était disciple de Roger, paraît peu plausible, puisque les ouvrages de Hemling ont la plus frappante ressemblance avec ceux des frères van Eyck. Cependant elle ne s'éloigne pas encore de la vérité, maître Roger ayant vécu en même tems que Jean van Eyck et ayant

_____

(1) *Messager des sciences et des arts*, août 1824, p. 130. L'auteur même ajoute, mais sans donner ses raisons, que c'est probablement Hans Hemling dont on veut parler (*).

(*) Nos raisons sont fondées sur ce que *Vasari* dit que *Ausse* est élève de Roger, que *Baldinucci* l'appelle *Hans* et que *Sansovino*, qui écrivit en 1580, le nomme JEAN DE BRUGES. Voilà donc trois assertions de différens auteurs étrangers, qui donnent la plus grande probabilité, à ce que ce peintre soit Hans Memling. Il est très-remarquable encore que cet artiste reçut ce surnom en Italie. On nous objectera peut-être que van Eyck le reçut également des Italiens, sans être pour cela natif de Bruges; mais celui-ci n'a pas été dans ce pays, ses ouvrages y furent envoyés de la Flandre, comme des productions d'un peintre résidant à *Bruges* et nommé *Jean*, d'où on l'a nommé le peintre *Jean*, *de Bruges*; tandis que Memling fut nommé ainsi dans le tems qu'il travailla en Italie; si ce peintre n'avait fait à Bruges qu'un séjour accidentel, comme Descamps a voulu nous le faire croire, ou s'il n'avait lui-même désigné cette ville comme lieu de sa naissance, nous ne verrions aucun motif pour lequel on l'aurait nommé *Jean de Bruges*, par préférence sur tout autre endroit, si effectivement il n'était pas né dans cette ville; d'autant plus qu'il paraît qu'il visita l'Italie avant d'avoir exécuté à l'hôpital de St. Jean les chefs-d'œuvre qui font sa renommée. Ensuite l'époque où vécut Memling, se rapporte si parfaitement à celle que réclamerait l'existence d'un élève de *Roger*, et ses ouvrages ont tant de rapports avec les productions des élèves des van Eyck, que *tous* les connaisseurs qui voient les tableaux de Gérard van der Meeren et ceux qu'on attribue à Josse de Gand, etc. y remarquent au premier abord, des parties essentielles, et sur-tout des figures, qui feraient attribuer leurs ouvrages à Memling; cela est tellement vrai, que souvent on balance à décider si tel ou tel tableau est de ce maître, ou de van der Meeren, comme nous le prouve le *Martyre de S. Hippolyte*, attribué à l'un et à l'autre de ces peintres; tandis qu'on se trompe rarement, lorsqu'il s'agit de prononcer entre les ouvrages des van Eyck et ceux du peintre de la vie de Ste. Ursule. Cette différence est trop frappante pour ne pas voir que Memling a puisé son goût et formé son talent dans les leçons des dignes successeurs de ces célèbres peintres; elle l'est trop, disons-nous, pour oser répéter avec l'auteur de la lettre, que les ouvrages de Memling ont la *plus frappante ressemblance* avec les productions des illustres régénérateurs de l'École Européenne. L. D. E.

6

approché bien près de son talent, à ce que nous assure Facius, écrivain contemporain.

Vasari écrivit la notice citée avant 1550, année dans laquelle son livre fut publié pour la première fois. Il avait reçu ces renseignemens du peintre *Stradanus*, de Bruges, et du sculpteur *Jean de Boulogne*, de Douai, artistes qui l'un et l'autre, à cette époque, travaillaient à Florence (1).

» Notre auteur flamand, qui parle de Hans l'Allemand, vivait en même tems; il publia sa chronique des Antiquités Belges l'an 1565, trois ans avant la seconde édition de Vasari. Il mourut en 1567. Comme habitant et patricien de Gand, il pouvait très-bien être au fait de tout ce qui concernait la ville de Bruges, et il connaissait parfaitement, en quelques parties du moins, les objets d'art et les artistes de son pays.

» Cette connaissance exacte qu'il en avait, est prouvée sur-tout par sa description du tableau capital des frères van Eyck, dans l'église de S. Bavon à Gand. J'ai trouvé, entr'autres dans sa notice, les éclaircissemens les plus satisfaisans sur différens doutes presqu'insolubles pour moi, doutes qu'une contemplation réitérée du tableau m'avait fait concevoir. J'avais remarqué, sur-tout dans le grand tableau du milieu qui représente l'*Adoration de l'Agneau*, plusieurs endroits qui avaient évidemment souffert par un lavage imprudent, et d'autres endroits plus importans encore, qui paraissaient peints d'une manière plus moderne et plus légère que celle des

---

(1) Le témoignage de Stradanus, né à Bruges au commencement du XVIᵐᵉ siècle, et peintre lui-même, paraît nous suffire, aussi long-tems que nous n'avons pas des preuves du contraire, pour être fondé à croire que Ausse ou Hans ait été élève de Roger.

L. D. B.

frères van Eyck. Je m'étais perdu en mille conjectures,
avant d'avoir lu le livre de Vaernewyck. Cet auteur
nous apprend que deux peintres excellens, Lancelot
(Blondeel) de Bruges et maître Jean Schoreel, chanoine
d'Utrecht, étaient venus à Gand pour restaurer les
grands tableaux des frères van Eyck, qu'ils avaient commencé cet ouvrage le 15 Septembre 1550, et qu'après
l'avoir achevé à la satisfaction des chanoines de S. Bavon,
ils reçurent d'eux chacun un présent. Le présent qui
avait été donné à Schoreel, ajoute le même écrivain,
consistait en une coupe d'argent. Il dit avoir bu lui-
même dans cette coupe chez le possesseur à Utrecht.

» Cette notice explique parfaitement l'état, pour ainsi
dire, énigmatique du tableau. Si deux artistes distin-
gués furent appelés à restaurer le tableau, il faut qu'il
ait été endommagé considérablement; l'un et l'autre de
ces artistes, mais sur-tout Schoreel, peintre du plus
grand mérite, étaient certainement très-capables de
refaire d'une manière suffisante l'une ou l'autre partie
dans un tableau des van Eyck. Il est donc possible et
même très-probable que sur le tableau du milieu, non-
seulement dans plusieurs têtes, nommément du groupe
des patriarches et prophètes, à droite, plusieurs formes
aient été rétablies, plusieurs lumières nouvellement ap-
pliquées, mais que même une grande partie des arbres
et arbustes du paysage, trop effacés dans l'original,
ait été entièrement repeinte par eux. Cependant ces
deux artistes, consciencieux et pénétrés de respect
pour l'ouvrage de leur devancier, se bornèrent à retou-
cher seulement ce qui en avait absolument besoin.
C'est pourquoi on y remarque encore plusieurs traces
du lavage; on les voit en partie au milieu d'endroits
très-bien conservés et repeints évidemment après l'en-

dommagement. Mais c'est sur-tout sur le gazon qui entoure l'autel avec l'Agneau, que ces traces sont les plus visibles. Les formes des plantes, y sont presqu'entièrement effacées; l'on ne voit plus que les petites feuilles des fleurs et leurs couronnes jaunes et blanches, dont la couleur a été plus durable et qui forment maintenant des points détachés comme si c'étaient des flocons de neige. Les deux peintres ont laissé cette partie, grande à la vérité, mais dans le fait assez indifférente, dans l'état endommagé, où elle était, sans doute par la raison, qu'elle ne nuit pas beaucoup à l'effet de l'ensemble.

» Combien la maladresse du *nettoyeur* doit avoir été funeste au tableau? On peut le juger encore par une autre circonstance dont Vaernewyck fait mention, savoir que la partie qui formait le piédestal du tableau et qui représentait, peint en détrempe, l'enfer (probablement le purgatoire), avait été, dès lors, entièrement détruite (1). Ce dégât toutefois ne paraît point s'être également étendu sur toutes les parties de l'ouvrage. Dans le tableau du milieu, les têtes dans le groupe des papes, des évêques et des martyrs, sont conservées dans leur état primitif, ainsi que, dans°la partie supérieure, l'admirable figure de la Vierge, tandis que dans celle de Dieu le Père et de S^t. Jean-Baptiste, on remarque plusieurs retouches tant anciennes que modernes. Je n'ai pu voir les panneaux d'Adam et Eve; le clergé avait enfermé par précaution nos premiers parens dans les archives de l'église, et l'archiviste était absent. Les autres volets, comme l'on sait, sont à Berlin maintenant.

---

(1) Cette circonstance, également consignée dans van Mander, pouvait faire naître les mêmes réflexions à tous ceux qui ne connaissaient pas l'ouvrage de Vaernewyck. L. D. B.

» Mais je m'aperçois que je me suis entièrement écarté du but de ma lettre. Je voulais seulement montrer par un exemple, combien le témoignage de Vaernewyck, sur l'allemand Hans, est digne de croyance et d'attention (1), et voilà que je m'égare dans de longues discussions d'antiquaires.

» Il vous importera sans doute davantage d'apprendre que les notices principales sur la vie et les ouvrages des frères van Eyck, que l'on trouve dans l'éloge poétique de Luc de Heere et dans l'histoire des peintres par C. van Mander, sont pour la plupart puisées et en partie transcrites littéralement de la chronique de Vaernewyck. On dirait même que van Mander n'a point lu l'ouvrage de ce dernier, mais qu'il n'en a eu que des extraits; autrement il n'aurait pas négligé assurément de rapporter le passage remarquable concernant Lancelot et Schoreel, ainsi que quelques autres notices également très-intéressantes (2).

---

(1) Nous ne voyons nullement qu'un exemple de cette nature puisse accréditer davantage le témoignage de Vaernewyck, sur *Hans l'allemand*, attendu que les passages très-circonstanciés, cités dans cette lettre, ont seulement rapport à de faits *qui eurent lieu sous les yeux de Vaernewyck*, et qui par là sont effectivement incontestables, tandis que ce qu'il rapporte sur *l'allemand Hans*, dont il cite à peine le nom, est très-vague, très-incertain, et est donné par *tradition*. En Belgique on ne réclame l'autorité de cet écrivain que pour ce qui est arrivé de son vivant, et c'est à quoi nous nous sommes toujours bornés, lorsqu'il s'agissait de nous appuyer sur ses assertions.　　　　L. D. B.

(2) Luc de Heere n'a pas puisé les notions qu'il nous donne sur les frères van Eyck, dans l'ouvrage de Vaernewyck; c'est lui au contraire qui les a fournis à l'auteur de l'*Histoire Belgique*, son ami et son compatriote, ainsi qu'à van Mander son élève. De Heere, fils d'un sculpteur Gantois très-renommé, pouvait se procurer de son père les renseignemens les plus exacts sur les artistes qui avaient résidé à Gand et qui l'avaient précédé dans

» D'après toutes ces raisons qui parlent en faveur de
notre écrivain flamand et corroborent son autorité, nous

la carrière des arts, pour écrire la vie des peintres en vers flamands, qui ne sont point parvenus jusqu'à nous, et que van
Mander a tant cherché à découvrir. Une preuve certaine que ce
peintre n'a pas puisé dans Vaernewyck les passages les plus sail-
lans de son éloge poétique, c'est que lorsque van Mander vint à
Gand en 1565, ces vers n'étaient plus exposés devant le tableau
des van Eyck, ce qui nous autorise à croire, qu'ils ont été composés et placés dans la chapelle de Vyts avec les autres inscriptions, chronogrammes, vers, etc. qui firent partie des embellis-
semens dirigés par Luc de Heere à l'occasion de la tenue, dans
cette église, du chapitre de la Toison d'or en 1559 (*). L'*Histoire*
Belgique de Vaernewyck ne fut totalement achevée qu'en Avril
1566 (**), quoique le privilège donné à l'imprimeur date du 4 Septembre 1565. Nous avons fait des recherches infructueuses pour
trouver une édition de cette année, dont Paquot fait mention
dans ses *Mémoires littéraires des Pays-Bas;* il parait que cet
auteur se sera trompé en s'appuyant sur la date du privilège;
car il nous cite cette édition comme imprimée in-4.°, et dédiée
à Servaes *Vaes,* abbé d'Everbode, qui ne fut élu à cette dignité
qu'en 1648, motifs suffisans pour croire que Paquot n'a pas
vu l'exemplaire qu'il a décrit et qu'on lui aura donné de faux
renseignemens pris dans un exemplaire d'une autre édition,
dans laquelle on aura intercalé une épitre dédicatoire. Il nous
donne aussi l'édition d'Anvers de 1619 pour la deuxième et
comme un ouvrage in-4°, tandis que c'est la troisième et qu'elle
est imprimée in-folio (***). L'épitre dédicatoire de Vaernewyck
nous met sur la voie pour déterminer avec précision l'époque où
parut la première édition; l'auteur a dédié son ouvrage au Ma-

(*) Luc de Heere fut aussi délégué par le magistrat de Gand, avec Marc van
Vaernewyck, pour juger et décerner les prix aux vainqueurs dans les joutes
sur l'eau qui eurent lieu à l'occasion du séjour de Philippe II à Gand. Dans
les comptes de la ville il est nommé Lucas *Mynheere,* ainsi que son père Jan
Mynheere. Celui-ci a exécuté les statues dont on voit encore aujourd'hui des
restes informes dans deux niches de la façade gothique de l'hôtel-de-ville.

(**) Voyez la seconde édition imprimée in-fol. à Gand en 1574, chez la
veuve de Gérard van Salenson, à la fin du chap LXXIII, pag. 145. (*Die*
Historie van Belgis, etc. *nu tweede mael gedruct. Ghendt,* 1574.)

(***) Cette erreur provient de ce que l'imprimeur de l'édition de 1665
l'a donnée pour la troisième.

pouvons supposer avec la plus grande probabilité que Hemling, à cause de son origine allemande, était encore du tems de Vaernewyck, généralement appellé à Bruges *Hans l'allemand (den duytschen Hans)* (1); comme en général ce nom de Hans appartient à l'idiôme du haut-allemand, il se rencontre rarement dans les Pays-Bas, au lieu du nom usité et commun de *Jan* (2).

gistrat de Gand, l'année que Nicolas Triest, François van Wychuus, Adolf de Grutere, etc. étaient échevins de la *Keure*, et que Pierre Cortewyle, Pierre de Vos, Guillaume van Sicleers, etc. étaient échevins des *Parchons*; ces magistrats furent élus à cette dignité le 1 Mai 1568, deux ans avant le décès de Vaernewyck, mort en 1570. Nous devons donc fixer la publication de son *Histoire Belgique* à la fin de 1568, ce qui expliquerait comment cet ouvrage ne sera point parvenu entre les mains de van Mander, qui quitta Gand au commencement de la même année. Vaernewyck, dans sa chronique de Flandre, imprimée en 1557 et réimprimée avec des additions en 1563, ne fait mention d'aucun artiste.   L. D. B.

(1) Une preuve certaine que Memling n'était pas *généralement* appellé à Bruges, *Hans l'allemand*, c'est que du tems de van Mander, qui a séjourné et travaillé dans cette ville de l'année 1581 à 1583, c'est-à-dire onze ans après le décès de Vaernewyck; on le nommait *généralement* Hans *Memmelinck;* car s'il y avait été connu exclusivement sous le nom de *duytschen Hans* ou comme allemand d'origine, van Mander, se serait bien gardé de dire qu'il était de Bruges. D'ailleurs il est d'accord en ceci avec *Sansovino* qui écrivit à la même époque. Nous devons, comme nous l'avons déjà remarqué ailleurs, regarder l'épithète donnée par le facétieux Vaernewyck, comme un de ces sobriquets que l'on donne à ceux qui ont habité à l'étranger, si toutefois, elle s'adressa à Memling.   L. D. B.

(2) C'est une grande erreur de croire que le nom de Hans ne se rencontre que *rarement* dans les Pays-Bas. Sans vouloir contester l'origine de ce nom, nous pouvons assurer que dans le siècle où écrivaient Vaernewyck et van Mander, ce nom y était très-usité; pour s'en convaincre, il suffit d'ouvrir l'ouvrage de ce dernier, on y trouvera plusieurs peintres flamands sous le nom de Hans,

» Mais pour que nous ne nous reposions pas trop sur
notre supposition de l'origine allemande du peintre
Hemling, on prétend que son véritable nom a été
Memling, on cite pour cela le témoignage d'un voya-
geur italien anonyme et celui de van Mander, qui l'un
et l'autre écrivaient Memling (1). On se fonde encore
plus sur l'inscription, qui se lit au bas du grand et du
petit tableau que l'artiste a fait en 1479, pour l'hôpital de S. Jean à Bruges. Dans ces inscriptions, le
nom est écrit par un H latin, qui au milieu de sa
ligne transversale a encore un petit pied et ressemble
par là effectivement à la lettre, que l'on trouve quelquefois sur les tables de marbre ou d'airain, ainsi que
sur les monnaies et les sceaux du moyen âge, au lieu
de l'M (2). Mais en examinant la chose de plus près,

tel que *Hans* Vereycke, de Bruges, surnommé *cleen Hansken*,
Hans Tons, et *Hans* Speeckaert, de Bruxelles; *Hans* Maier
de Herentals, près d'Anvers; *Hans* Daelmans, d'Anvers; *Hans*
Bol, de Malines; *Hans* de Vries, de Leeuwaerden; *Hans* Soens,
de Bois-le-Duc, etc. Nous ajouterons même que dans la Flandre
c'est un nom populaire; c'est sous le nom de *Hansken het krygelken*
ou *krygerken* (Jean le guerrier), que les habitans d'Audenarde
désignent la figure en bronze qui surmonte la tour de la belle façade
gothique de leur hôtel - de - ville (*); et une figure qui bat l'heure,
placée en avant de l'horloge de la ville de l'Écluse près de Bruges, est
encore nommée de nos jours *Hansken van Sluys*, (Jean de l'Écluse.)

L. D. B.

(*) Voyez le cahier du Messager de Janv. et Fév. 1824.

(1) Le témoignage de deux écrivains qui ont écrit dans différens pays et qui n'ont eu aucune connaissance de leurs ouvrages
respectifs, est une autorité moins douteuse pour déterminer la
véritable prononciation d'un nom, (car il s'agit ici de savoir si
c'est *Mem* ou *Hem* qu'on doit prononcer), qu'une foule de biographes qui se sont copiés servilement et qui ont suivi l'erreur
commise par celui qui le premier a cru voir un H, là où il y
avait un M d'une forme qu'il ne connaissait pas.   J. D. B.

(2) Traité diplomatique, tom. II. pl. XX. série VI. p. 302. (*)
(*) Si nous ne nous apercevions pas dans cette lettre que le désir de l'au-

cette objection tombe avec les autres. Le peintre non-seulement a mis dans les deux inscriptions pour la troisième lettre de son nom un M ordinaire (1), mais il a aussi, sur le grand tableau dans son prénom *Johannes*, employé la même lettre à trois pieds au lieu du H usité. Il n'est donc plus de doute qu'on ne doive lire Hemling et non pas Memling (2). La forme différente de l'H est provenue peut-être de l'habitude de s'en servir en guise de monogramme. On pourrait la prendre pour une combinaison des lettres J H M (3). Au demeurant l'expé-

---

teur est de prouver que le peintre de la châsse de Ste. Ursule porte le même nom qu'une ancienne famille de Constance et de donner ainsi quelque vraisemblance à l'opinion que cet artiste appartient à l'Allemagne, nous ne saurions à quoi attribuer une explication aussi forcée ; car en effet pourquoi ne pas dire tout simplement que *la lettre employée par le peintre pour écrire l'initiale de son nom, est parfaitement semblable à la majuscule M en usage dans le tems que le tableau a été peint.* Nous avons déjà prouvé page 73, que la petite monnaie le plus en usage à Bruges, et qui doit avoir passé des milliers de fois entre les mains du peintre, porte pour empreinte un M de la même forme. D'ailleurs, nous avons également déjà dit qu'il n'existe pas d'exemple que jamais on ait tracé un H de cette manière.   L. D. B.

(1) Il ne doit pas paraître singulier que Memling n'ait pas figuré la troisième lettre de son nom pareille à la première ; celle-ci étant une majuscule il aurait été très-déplacé de la mettre au milieu du nom, comme *l'habile* restaurateur de l'inscription du grand tableau, s'est permis de le faire dans le prénom.

(2) Cette objection ne tombera jamais aussi long-tems qu'on n'aura pour appui que cette inscription apocryphe, (voyez page 74) ; mais celle de l'auteur tombe très-naturellement devant l'inscription, conservée intacte sur le petit tableau, où on lit : *Johanis Memling.*   L. D. B.

(3) On remarque ici que l'auteur est embarrassé pour expliquer les motifs pour lesquels le peintre aurait employé un H d'une forme différente, ou, pour mieux dire, un M usité pour un H non-usité ; et, pour donner quelque vraisemblance à cette métamorphose, on suppose à Memling l'habitude de signer ses peintures par des monogrammes, supposition qui nous paraît très-gratuite, attendu que non-seulement sur aucun des ouvrages connus de ce maître, on ne trouve une marque de ce genre, mais pas

rience prouve assez qu'il y a beaucoup d'irrégulier et d'arbitraire dans ces inscriptions des peintres et qu'il faut les expliquer plutôt d'après leurs rapports directs (*zusammenhang*) que d'après l'usage général (1).

» Voilà ce que j'ai à vous dire pour le moment sur l'origine allemande de Hemling. Puissiez-vous trouver dans la chronique manuscrite de Constance, de nouveaux éclaircissemens, de nouvelles preuves, etc.

---

même une autre quelconque, par laquelle l'on pourrait déchiffrer les initiales de son nom. Il nous paraît que si nous étions obligé de prendre cette lettre pour son monogramme, on y trouverait plus raisonnablement H. M., ce qui correspondrait avec *Hans Memling*, que I. H. M.; car quoique les marques de certains peintres soient souvent très-bizarres, on n'en trouve pas, même parmi les graveurs, où la lettre H toute seule, représente I. H.; il résulte encore de l'explication donnée par M. Boisserée que nous ne pouvons pas prendre cette lettre pour un H usité, mais bien pour *la combinaison de trois lettres réunies, que le peintre, par habitude de s'en servir en guise de monogramme,* aurait placée non-seulement au commencement de son nom, mais encore au milieu de son prénom. Si cette lettre était un monogramme, et si l'inscription du grand tableau était restée intacte, nous ne voyons pas pourquoi le monogramme H. M. aussi bien que I. H. M. n'aurait pas pu prendre également sa place au milieu du prénom. Quoique les objections qu'on nous oppose puissent également militer en faveur de notre opinion, si nous n'avions d'autres preuves, nous n'admettrons jamais que cette lettre soit un monogramme quelconque.

L. D. B.

(1) C'est précisément par ce qu'il convient d'expliquer les noms des peintres qui se trouvent dans les inscriptions, et dont la forme des lettres laisse quelques doutes, *plutôt d'après leurs rapports directs* avec le nom sous lequel ils ont été connus, *que d'après l'usage général* de former les différens caractères avec lesquels leur nom est écrit, qu'on est tombé dans l'erreur, et cela par le seul résultat d'avoir voulu expliquer le nom de Memling d'après la lettre H, qui de nos jours a plus de ressemblance avec l'H qu'avec l'M. C'est ainsi que, d'après le système de M. Boisserée même, nous sommes obligé de considérer le nom de Memling.

L. D. B.

www.ingramcontent.com/pod-product-compliance
Lightning Source LLC
Chambersburg PA
CBHW071108260626
47162CB00006B/2251